施林克作品

Bernhard Schlink

告别的颜色

Abschiedsfarben
Bernhard Schlink

[德国]本哈德·施林克 著
王竞 译

译林出版社

目录

人工智能 ... 1

和安娜去野餐 ... 29

姐弟音乐 ... 57

护身符 ... 115

深爱的女儿 ... 139

岛上夏日 ... 181

丹尼尔,我的哥哥 ... 207

老年斑 ... 243

一周年 ... 271

人工智能

1

他们都过世了——我爱过的几个女人、一些朋友、我的哥哥和姐姐，当然还有父母、叔婶和舅姨。我去参加了他们的葬礼，多年前去参加葬礼是常有的事，因为那时，我的上一代人纷纷离世，后来就去得少了，这些年又去得勤了，因为，我这一代人正在死去。

很久以来我都认为，一场葬礼能帮我们跟死去的人告别。告别是必须的，一个人去世的消息颇令人不安，直到告别发生，为他，也为来告别的人送上安宁。然而，一场葬礼起不到这个作用。它向死者的家属确保了死者的重要性，也使死者家属能从死者的重要性中获得一些自身重要的感觉。它向前来参加葬礼的来宾确保了仪式的庄严感，为此，人们牺牲掉两三个小时，在葬礼上见见人，也被人见到，大家向死者致以最后的敬意，向死者家属表达哀悼之情，这样一来，葬礼也给来宾们赋予了那么点尊严。至于帮我们跟死者进行告别，一场葬礼是办不到的。

一个人临终时你在场，这对告别是有帮助的。当我再见到我父亲时，他已经去世，但还躺在床上，尚未经殡仪馆的人整理遗容，这样的重逢也有助于告别。他的眼睛和嘴巴还没有被合上，在可怕的死亡面前，他双目圆睁，龇牙咧嘴，这情景深深地烙进了我的记忆里。他死了。一个死去的人，即便被化了妆，开棺供人瞻仰遗容，他也怎么看都不像一具血肉之躯，而更像是塑料做的，死亡会做出确凿无疑的宣告，人们由此得知，非跟他告别不可了。

但是，就算你知道一个人死了，也还没有完成告别。告别这事儿只能交给时间。这很奇特：你跟一个人在去世前几年打交道越少，等他过世后，你跟他进行告别的时间就越长，而在他生前你跟他的交往越频繁，他死后你跟他的告别也来得越干脆。我跟我的邻居有些交情，有时我们互邀，喝上一杯葡萄酒，夏天他请我去他家的阳台，冬天我把他请到我家的壁炉边，因为我们清晨都在同一时间走出家门，他去面包店，我去报刊亭，我们几乎每天都能在楼道里碰上。他去世的时候，我花了好几天才弄明白，碰面和相邀都不会再有了，他死了。我向他告别，尽管伤心，但那是一种平静的哀伤，一种实实在在作别后的痛感，一种告别之痛。

我前妻去世的时候，情况就大不一样了。她跟她的第二任丈夫搬到捷克去住了，丈夫死后，她仍然留在那里。我们之间关系良好，一年当中见两次面，春天在她那儿，秋天在我这儿。她去世后相当长的时间里，我都觉得她还活着，只是离我更远了而已。她是四月份去世的，在我去她那儿看她的几周之后。接下来的几个月里，她没有出现在我的生活里，她还在世的时候，她也不会在这个时间段出现在我生活里。我不断地想起她来，回忆我们的共同经历、她做过的事和说过的话，思考着我本打算在十月份她来看我时我想跟她讲的话，并在脑子里对她讲了一遍，这么思来想去的时候，我能真切地看到她在我的眼前，而“她已经死了”这个想法，却显得十分抽象。冬天来了，我终于明白，我必须向她告别了，直到来年的四月份，我才得以完成跟她的告别。在这个漫长的告别过程中，我一直伤心不已，实际上，我的伤心从来没有彻底终结过，也永远不会终结。

2

跟我的朋友安德烈亚斯，我根本不想告别。在他去世前的那些年，我也只是过好一阵子才能跟他见上一面。他退休后去巴伐利亚租了套小公寓，他的儿子托马斯住在那里，而我呢，还继续住在柏林。我们有时一起在巴伐利亚徒步，有时在柏林马不停蹄地听音乐会、看歌剧；还有的时候，我们俩在中间地带相约，去看卡塞尔文献展或者去拜罗伊特音乐节。只要我们在一起，日子就是美好的，既热闹，又熟悉。我们俩是发小。

他过世后，他在我生活中的情形也没有改变，或者说，他不在我生活中的情形也依然如旧。我还是跟他进行着两个人的对话，好像这种对话起着过渡的作用，架起一座桥，通向我们下一次的重逢。如果说，在安德烈亚斯还活着的时候，我还有些担惊受怕，生怕我们的友谊会突然被一个包袱压垮，如今，跟过世的安德烈亚斯对起话来，我就毫无心理负担了。

我再也不用担心会发生什么出人意料的情况，会冒出什么新发现，或哪天来场曝光之类的事。我们重回童年，我们又变成那两个小孩子了，我衷心祝愿，在这种天真无邪的状态中，我们的友谊会永远保持下去。

这倒不是说，假如冒出曝光这种事情，我们的友谊就经受不住考验。我对他干过的那事儿，我当然是不以为荣，甚至反以为耻的，不过呢，也许对此我也未必非要感到羞耻不可，因为，我做的那件事儿，是个人都有可能会去做，当然，我要是没做过那件事就更好了，但也说不定，安德烈亚斯会理解我、原谅我。有些东西会给人生造成不幸。其实，我还不是跟他一样，同为受害者嘛。本来我很肯定，安德烈亚斯会这么说的，他还会把胳膊搭在我的肩膀上，如果我们俩正在路上走，我们就会这么走上一段，别无他话，只是他的胳膊搂着我的肩膀，然后呢，他会笑起来，是他那种通晓世理的友好的笑，随后聊起别的话题来。

为什么我会担心被曝光，尽管我完全没有必要担这个心？还有，假如我向安德烈亚斯说出当时发生的事，一切不就变得再简单不过了吗？其实，我每次都本打算跟他说出来的。可一等我们聚到了一块儿，就总缺乏恰当的理由，正好要在此时此刻开始说那事儿了，可那件事儿实在是太久远了，要往回追溯太多，跟我们在一起的氛围和正在聊的事全都不搭。头一次见面时，我没能说出口，到了下一次见面时，我还是说不出口——干吗非要这会儿说这个呢？这么一拖再拖，就过去了数年，至于我为什么要对自己不必担惊受怕的事情总是担着惊受着怕，我也不清楚。也许，因为担心安德烈亚斯对此会不予理解？可我就能理解当年的事态为什么会这么发展，而他呢，他其实对我能理解的事物也总是理解的。

无论出于什么原因，我反正担惊受怕过，我这个怕啊。安德烈亚斯去世后，我就放下心来，知道不必再忧惧了。我不相信人死后会有来生，安德烈亚斯在这个世上没有获知的，到了天堂或地狱也不会知道。我们的友谊将持续下去，在他生前，我们的友谊就活在我们心里，活在我们相处的日子里，现在，它也活在他过世后的日子里和我的心里，况且还涤清了恐惧。安德烈亚斯的死是安慰人心的，不是令人不安的。既然如此，我又何必要跟他告别呢？

3

不对，我们的友谊不仅仅继续活在我的思想里。我见证了安德烈亚斯的女儿蕾娜的出生，我是看着她一天天长大的，还挺喜欢她。安德烈亚斯的太太宝拉去世得早，我常去看望安德烈亚斯和他的两个孩子托马斯和蕾娜。而且，他每次从巴伐利亚回到柏林，蕾娜也经常在场，她留在了柏林生活。我和安德烈亚斯去散步，之后跟蕾娜共进晚餐，有时，我们和蕾娜一起去散步，之后安德烈亚斯和我一起去吃晚餐。安德烈亚斯去世后，蕾娜和我有时会约着一起吃晚饭，或一起去听场音乐会，要不就一起散步。起先是我给她打电话，但没过多久，她也开始打电话约我。我们在一起的时候，安德烈亚斯也总是多多少少在场，一起享受我们的友谊。这是种无须担惊受怕的、天真无邪的、充满安全感的友谊。

这一切的终结始于蕾娜的一个念头，她想去档案馆查阅东德国家安全部史塔西留下来的安德烈亚斯的档案。我试图说服她不要去查。我们不是读过关于前史塔西工作人员的报道，他们在安全部里工作，都是些丝毫不值得信赖的家伙吗？我们不是读到过，这些档案文件很不可信吗？为了让东德的干部个个都显得积极努力，档案里记录了一大堆告密者和被监视的人压根就没说过的话和没干过的事。我们不是还读到过，查过档案后发生的控诉和开庭，并没能解决任何问题，反而破坏了很多人际关系吗？尤其是，假如安德烈亚斯想查看他在史塔西的档案记录，他自己不早就去查了吗？蕾娜是不是应该尊重父亲的意愿呢？

然而，我的提问和劝告却使她更加心意决绝。今天，人们对曾为受害者这件事意趣甚浓，这实在古怪，仿佛这是一项荣誉头衔，证明了一个显赫的行为。如果一个人一事无成，他至少希望当个受害者。身为受害者的人，受过恶势力的折磨，因此，他自己肯定就是没有作过恶的；身为受害者的人，别人已经十分对不起他了，因此，他本身就是清白无辜的。蕾娜是个没有什么作为的人。她自己没能充当一名受害者，那么，她至少愿意当一个受害者的女儿。这话听起来多棒："我父亲因为他的政治信念被关进了监狱，出狱后，他虽然还能接着做数学家的工作，但不断地处于被监视的境况。"

我安慰自己，她想去查阅安德烈亚斯的档案几无可能。一般情况下，去世了的人的档案是不对外公开的。作为儿女，人们可以在极少数的情况下查阅档案，但必须提供非常有说服力的理由，证明他们必须通过档案资料方能对东德政权的某些事件或措施进行分析整理。为此，他们必须为查阅档案的兴趣点做出合理说明，而蕾娜能拿得出什么合理的说辞呢？

安德烈亚斯是位数学家，跟我一样。柏林墙建成后，他曾经尝试逃离东德，被抓住并判了刑，蹲了四年监狱后，还在工厂里劳教了一年，才到社会科学院上班。他是一名十分出色的数学家，没他这个人才是不行的。在二十世纪六十年代，我们二人都是民主德国控制论和计算机科学领域的新星。东德在这个领域里开展的研究和取得的成就，是要归功于我们的。因为他叛逃未果的污点，他无法担任控制论研究所的领导职务，只好由我来担任了。但是，在他回到研究所后，我在诸多方面提携了他，而且我认为，那些不对他开放的领导职位，他反正也无法胜任。在监狱里和工厂里过了那些年后，他变得沉默寡言了，他不再有规划和设计未来的愿景了，而是喜欢安安静静地做他的科研工作。这些工作他做得十分卓越，他发表的论文甚至在国外都给我们研究所带来了声誉，当然，按照东德的做法，论文都要多人共同署名的，这些论文发表的时候就署了他的、我的及研究所的名字。

东德政权的哪些事件或措施，非蕾娜去查阅安德烈亚斯的档案而不可厘清呢？她能有什么正当的理由去申请查阅这些档案呢？

她想查阅档案的申请后来也就被拒绝了。可她就是不死心。跟她那一代的很多人一样，她大学里读的是历史和哲学，在工作上，她也跟她那一代人差不多，鉴于东德的身份背景，没得到固定职位，经常是从上一个项目跳到下一个项目，有了半个职位做半年，下一回拿到四分之一个职位再做三个月，挺可怜的。她对此很厌倦，想做她自己的科研项目。她想立个项，从科学史的角度研究东德控制论和计算机学科的初创时期，与此同时就能接触她父亲的档案了。她找到一位同事，此人毫无数学能力，能力全在于能折腾，两人联手向一家基金会申请科研资助。这个项目恰恰要研究控制论和计算机科学在东德的政治功用，不仅如此，还要研究这个学科的创始人的政治意图，对活着的创始人进行采访，对去世的创始人，要查阅史塔西给他建立的档案。蕾娜在把项目申请书递交给基金会之前，还一本正经、恭恭敬敬地问我，能否把我的名字写进申请书，并注明我同意接受采访。

4

我们俩达成一项协议。我承诺跟她合作，但有一个条件，就是出于对安德烈亚斯的尊重，她必须放弃翻阅档案的意图。她不情不愿，最后还是同意了。对我进行数次采访绝对要比查阅安德烈亚斯的档案得到的信息多得多。

我很高兴。我抢救了安德烈亚斯和我的友谊。没有任何东西能往我们友谊的画卷上抹黑。我干过的事，将一如既往地定格在那儿：可以被理解，可以被原谅，走错的一小步，是我们友谊中的一段弯路。

而且，我实际上干的又是件什么事呢！就算到了西德，安德烈亚斯也不会幸福的。他是一个喜欢舒适的人，关心他人，爱宅在家，简直就是为民主德国的生活和行为方式而生的，在这里，人们要的，不是金钱和荣耀，而是家庭和朋友、公寓房和度假屋、一本冷静的书或一场怪诞的电影、一个在剧院或音乐厅度过的夜晚。而且还有宝拉呀！他们两人在他策划叛逃前刚认识不久，那时我还看不出来，他们俩是天生的一对儿，但他们居然就是。他出狱后没几个星期，他们就结婚了，这是我见过的最贴心、最快乐的婚姻。他们的婚礼我一直难忘。那是一个阳光灿烂的夏日，星期天，婚礼上有被这场闪婚搞得猝不及防的双方父母，他们为孩子们的前途忧心忡忡。宝拉的大学同学和女朋友们情绪激动，有穿斜纹工装裤的，有穿衬裙的，有带小孩的。安德烈亚斯在工厂的两个同事也来了，神情莫测，身着深色西装，他们的太太都留着一头耀眼的金发，发髻梳到脑后高高挽起。婚礼上有驰名东德的小红帽牌起泡酒，后来又上了啤酒，配俄罗斯沙拉和小肉肠——一切尽如人意，我们大家都跟我们的生活及国家达成了和解。我是伴郎。

在西方，安德烈亚斯其实是不可能幸福的，他的出逃没有成功，对他而言乃是福祉。当然，还有一种更美好的假设，就是他自己自觉自愿地放弃了。在法庭上，他说，他放弃了出逃的打算，终止了行前的筹备工作，只是还没有把蛛丝马迹清除干净。可是，警察找到了他的日记，里面记载了大量对出逃的渴望、为出逃进行的各项准备，偏偏没有任何终止计划的言说。法庭对他的说辞不予置信。此外，我们研究所即将成立、他将可能被任命为所长等种种，作为他会留下来的理由，在法庭上也不能成立。他本人对这些安排是一无所知的。其实，从道理上讲，我也应该对此一无所知，但谁让我当时的女朋友是科学院院长的秘书呢？我现在并不想强词夺理。当年的出逃事件要是没有我在其中起了作用，而是他自己没搞成，当然是更理想的状况了。或者试想，是另一个人向警察打了报告，说安德烈亚斯在他的车库里组装了一辆潜水摩托，企图越过波罗的海出逃，这也要好得多。当年是我向警察做了匿名举报，但没有引起安德烈亚斯的怀疑，原因是，我是通过一个极偶然的机会得知，他准备了一辆水下摩托，其他人也完全有可能偶然获悉。他的车库大门的电子保险设备被一场雷雨烧坏了，有大半天的时间，车库的门都没上锁。

我至今都不得而知，他当年是否真的愿意留在民主德国。当一切都过去了，我向他问及此事时，他只是耸了耸肩道："说这些还有什么用？"我当年叫了警察，是因为我想把他留住，是为他着想，另一层原因是，我不想失去他这个朋友。我一有时间就去监狱探望他，只要我能办到，立即就把他安置到了研究所里来。他个性太强，跟人合不来，只要我能做的，我都尽可能地照顾他。我认为，如果我有做过什么对不起他的事，我都加倍补偿给他了。

我甚至不知道，我会不会出现在他的档案里。作为他的同事，那是理所当然的，如果东德的国家安全部安排了一个线人暗中监视他，那么，这个人也自然会去汇报我的情况及我跟安德烈亚斯的友情。但是，我从来没想过，我会被指认为那个匿名的举报人。也许，我根本就不用惧怕蕾娜有一天会读到安德烈亚斯的档案。在任命我为研究所所长的那天，要是我们的党支部书记没有谈及，我令人信服地证明了我在阶级斗争中的可靠性，这该有多好，这样我就完全没有什么可担心的了。

5

蕾娜的项目获批了。她从采访开始做起。我给她讲述了东德时期控制论和信息论的开创史，讲述的快乐远大于我的预期。两德统一后，研究所关闭了，我的一生献给了东德的电子发展事业，随着研究所的关停，我的人生也变得毫无价值。在几次采访中，我意识到，当年我们用多么可怜的经费进行了多少小抗争啊。对我的工作，我完全可以充满自豪。

我跟我的研究所一起被扫地出门。安德烈亚斯和其他同事转到了另外的国家研究所，干了几年后，都提前退休了。鉴于我的所长职位，我被定性为跟东德体制走得过近，这样一来，我在国家研究单位继续任职的可能性就为零了。接下来，我当了个体户，做系统咨询，干得相当成功，因此，我今天可以很好地享受退休生活，拥有一个人安度晚年所需的一切。我本来是可以拉上安德烈亚斯跟我一起做咨询的，但是，残酷的资本主义竞争不是他的兴趣所在。

我们最美好的时代是二十世纪六十年代。我们怀抱过短暂的希望，以为柏林墙修起来后，我们将享有更多的自由、更宽广的文化开放性、更多为科学技术带来革新的资源和动力。不久前，我读了一本关于硅谷的书，那种在车库里开创科技未来的氛围我们这里也有过。我们曾经认为，我们可以给整个规划来场革命，让社会主义超越资本主义。都不用赶上资本主义，而是无须追赶，直接超越就得了，乌布利希发出的讽刺说辞，在我们听来不仅不奇怪，反而充满预言性。

在研究所里，我的大量工作涉及的是规划部署和组织管理，落后的技术设施，资金的不足，还有人事。我们第一拨的工作人员都是我从全国亲自组建来的，从学校、高校、企业里精挑细选的，如果部队里或工程兵团里有人才，我也死抓不放，直到把他调到我们研究所里来为止。安德烈亚斯和我有一个属于我们两人的项目——对化学合成物进行分析。我们先是只借助计算机做辅助支持，随后由计算机独立承担工作。我们在这个项目上投入了不知多少日夜。直到党支部书记插手进来。他说：在控制论和信息论领域我们应该向苏联学习；我们应该放弃这些俗里俗气的人工智能的把戏；我们的研究应该跟工业联手，为工业服务。

我们暗中继续推进这个项目。到了七十年代，我们在一家美国刊物上读到，美国人也在进行跟我们类似的科研，但也没有领先我们什么。可他们的预算开支比我们的高，他们的计算机比我们的大，仅这两项就足以让他们把我们甩到身后。

我还记得，安德烈亚斯和我大醉一场，把我们的项目给埋葬了。那是过完圣诞节后的一个星期四，苏联军队开进了阿富汗，那天天气尚暖，我们在共和国宫吃过饭，在蒙碧月公园的长椅上共饮一瓶烈酒，直到巡逻的警察把我们从公园轰走，赶我们回家。我们既自豪，又恼火，既愤世嫉俗，又怂，还加上郁闷与悲伤，我们两人心贴着心。无论多少梦想会破碎，无论控制论和信息论的前途多么艰辛，无论在我们的国家生活被挤压得多么微小和局促，我们还有彼此。

6

采访是在我家里进行的。蕾娜下午四点半到，我们聊到七点半。此时是秋天，一场场采访下来，天就黑得越来越早了。采访结束后，我们会一起吃晚饭，有时是我下厨，有时我们去附近的一家餐厅用餐。我不欠蕾娜什么，该说的我都说了，知无不言，言无不尽，还帮她寻找研究所的工作人员的下落，我有的地址也都给她了。对她我还是蛮信任的。

直到她说“……我得跟你说件事儿。你得先答应我，可千万别生我的气啊!”。

那时我们正坐在一家叫“咖啡与卡尔瓦多斯”的小馆子里，两人的心情都挺愉快的，我无法想象，她能说出什么让我不悦的话，就点了点头。

她在椅子上坐正了，挺直了腰板，用挑战性的眼神看着我，舌头舔了舔嘴唇。她不是一位美女。她其实有成为美女的潜质，可她从很早开始就愤世嫉俗，现在，她的嘴部四周形成了一圈怨气纹。也许过早失去母亲把她变成了这副样子。我对此很是惋惜，因为她脸上的各个部位都是美人坯子该有的样子，光洁的额头，蓝色的眼睛，不薄不厚的嘴唇，颧骨也长得很有韵味，赋予她那么点儿斯拉夫人和蒙古人的味道。幸好，当她全神贯注的时候，或痛下决心，把一件事坚持到底的时候，那圈怨气纹就会消失。

“我去了东德安全部档案查询厅。我并没有登记去查父亲的档案，我登记的是查询东德控制论和信息论初创期的资料，做研究都是用这种方法的，不去问某个人的档案资料，而是围绕主题来查。不过我听说，父亲的档案也包括在给我们查的资料里，你的档案也包括在内。”

她背着我干了这么件事！而且，她知道这是背着我，她还知道，我会知道。说什么她只是想申请去查相关档案，根本没打算查安德烈亚斯的档案，她明明知道，她这么做还是违反了我们的约定。她本应该跟人家清清楚楚地讲明，她想看什么，不想看什么。这倒好，还把我的档案也搭进来了！

我看着她，看到了她脸上的坚定不移，看到了胜利者的神情，好似她已经把事情干成了。什么？终于可以看到她父亲的档案了？终于可以当受害人的女儿了？背着我搞事情？可我没做过对不起她的事啊，她为什么要报复我呢？为什么背着我搞事、欺我、骗我，让她如此开心？

“为什么？”

“我不是刚跟你解释了吗？做研究项目，我们要找相关资料，都是这么做的呀。收到了资料，都要看一眼的，不能看都不看供你参考的资料，搁那儿不碰，这会显得不严肃。”

“你明白我的意思。为什么？”

女服务生正好从我们的桌边经过，也许是因为这个，蕾娜脸上布上了一道阴影。她还是神情坚定地看着我，可我的感觉是，她变得颇不自在了。她耸了耸肩。“你干吗这样啊？我又没伤害谁。你不喜欢安全部档案这些事儿，但现在人们可以申请查阅这些档案了，也就应该让它们发挥应该发挥的作用。”

“我们俩之间可是说好了的。”

她的脸红了，声音也提高了。“我可不会屈服于你的压力。有时候，事情的发展就是跟人本来的预想有区别嘛。你提供一种选择，可我两个都需要，访谈和当年的档案资料。作为一名研究人员，我希望终于能有人重视我，我终于能干出些成就来。这个项目可是我最后的机会了，对你来说，这事儿也没什么，你就别太较劲了，不要老给我压力！”

我从没做过什么对不起她的事。她并非想要报复我。她需要我，还利用了我，也许她还喜欢我，就像我喜欢她一样，只是我不可以挡她的道儿。

“原来是这样啊。”我打量了一下我们的餐厅，这里本来是我十分熟悉的环境，可现在变得一点也不熟悉了，餐厅里的人，很多我都认得出来，他们是这里的常客，此刻在我眼里也显得陌生了。那个女服务生，每次买单的时候，我都会跟她开开玩笑，现在只是不言不语地走来走去。我好像打了麻药似的，木呆呆地跟着蕾娜走出了餐厅，又陪她走到公共汽车站，每次我都这么做。

“你什么时候去啊？”

“明天。”

我们站在那儿等车。然后车来了，她拥抱了我一下。“我会给你打电话的。”

到时候她会跟我说什么呢？

7

我没睡好觉。或者说，我根本就没睡着。在安德烈亚斯的档案里和我自己的档案里，到底写了些什么？那里头能写些什么呢？东德的安全部把我做的匿名举报查出来了吗？算到我的头上了吗？我是用我的打印机打的那份检举信，艾丽卡牌的，这个牌子的打印机在东德有好几千台。安全局的人能把检举信上的字跟我的这台打印机的字对上号吗？我的博士论文可就是用这台打印机打出来的。还有，我自己怎么就从来没有想过，要去申请看我的档案呢？如果安德烈亚斯的档案里放进了关于举报的材料，我的档案里肯定也有。其实，蕾娜一提想申请翻阅安德烈亚斯的档案的时候，我就应该立即申请去看我自己的档案。哎呀，我的脑子长到哪儿去了？

也就那么几个问题，不多，而且，我很快就明白，每个问题我都找不到答案。可是，我就是摆脱不了这些问题，他们就像揉碎了的音乐，像在耳朵里蠕动的虫子，响个没完。

档案里写了些什么？我为什么用自己的打印机打了那封检举信？我为什么没有申请去读自己的档案？过了一段时间，折磨我的，还不仅是这些问题都找不到答案，而且是这些问题没完没了地返回，周而复始，盘旋不绝，赶也赶不走，停也停不下来，怎么都摆脱不掉了，无法自我了断，自我排拒。

就像疼痛，一跳一跳地痛。有时候，下一阵痛感还不马上来，忍了一会儿后，以为疼劲儿已经过去了，但疼痛只是推迟了而已，再来的时候，跟上一次一样痛，不对，还更痛，因为人没有对它做出防御，没有为了跟它对抗把自己蜷缩成一团。这一夜，我在床上不停地翻来覆去，要不就把灯打开，要不就起身，把窗户打开又关上，要不去趟厨房，给自己煮一杯茶。有那么一小会儿，这些问题会消失，我觉着，我终于摆脱了它们。可是，它们又杀了回来，一次次地，没有答案，没有意义，折磨着我，跟之前一模一样。

随着晨曦微露，情况变得稍好一点。痛也好，忧也罢，已经把人通宵折磨过了，没有答案的问题，也稍稍可以应付了。我去忙我每天该忙的那些事务，退休后，我还继续提供咨询的一位客户，他的服务器出现了问题，我利用上午的时间帮他解决了。下午，我出门散步，碰巧遇到了旁边那栋楼里的一位寡妇，她七十来岁，还散发着情欲灼灼的风采，挺招我喜欢，她对我也有好感，我们俩在街边的咖啡馆坐了坐。直到一个念头钻进我的脑子里，强迫我试想，各大报纸上登了这样一条报道：东德的控制论和信息论奠基人，实乃史塔西的特务。这位女士会做何反应？她来自西德，有着西方人那种憨傻的看待善恶的眼光。

哎呀，不会的，我没有那么重要显赫。今天，谁还会对东德的控制论和信息论感兴趣啊？话说回来，如果蕾娜为了把她的项目搞出名，非得围绕我这个人弄出一个丑闻的话，她会使出浑身解数，来制造这桩丑闻的。这么一个丑闻能搞多大？能比在《法兰克福汇报》或《南德意志报》上登一篇文章搞得更大吗？我无法想象事情会发酵到这等程度，然而，这些年发生了太多的事情，都超过了我能想象的范围。

之后，我又回到了家里，等着蕾娜来电话。那些问题不再像只虫子似的在我脑袋里爬来爬去了。可是，就像一个人总忍不住要用舌头舔口腔溃疡的地方，要摁摁那个地方，直到又有了痛感，我的脑子也总忍不住要往蕾娜和她到底发现了什么东西上想。如果她发现了什么，又会怎样呢？

这个晚上她没有来电话。她是第二天晚上才来电话的。

她一说话，就仿佛她跟我面对面坐着，口气客观、严厉、冷淡。她想跟我谈话。她会在第二天吃过午饭后过来。

8

不记得在哪里读到，为了忍受孤独，除了和孤独交朋友别无他法。这话我一听就懂。

蕾娜来过电话的这天晚上，我跟孤独交上了朋友。我跟安德烈亚斯进行了告别。蕾娜将向我们的友谊泼污水，我不能让安德烈亚斯受这个折磨。他离去后应该跟他活着的时候一样。

我知道，她会怎么站在我的门口，然后走进我的房间，在沙发上坐下。她的身体会很僵硬，她的动作会很短促，表情暴躁、蛮横，满脸的自以为是。她不会跟我打招呼，她会单刀直入，一上来就对我进行控诉。不，她也许不会控诉，而是对我直接进行宣判。她会说，我欺骗、出卖了安德烈亚斯，给我自己搞到了原该属于安德烈亚斯的研究所所长的职位，而且，我还不放他走，因为我需要他，利用他的才华和能力，给我自己贴金。她还会说，我不仅跟安德烈亚斯玩了一套下作的把戏，阻碍了他在西方本来可以成就的伟大事业，而且，我还对蕾娜的母亲犯下了罪，因为安德烈亚斯的悲惨境遇直接导致了他太太的早死，对蕾娜本人而言我也不可饶恕，因为作为安德烈亚斯的女儿，她本来可以在自由的环境中成长。对，她肯定会把宝拉拽进来，尽管事实是，如果安德烈亚斯出逃成功，就没有他和宝拉后来的故事了，也就没有蕾娜了，安德烈亚斯会在西德跟另一个女人生另一个女儿。但是，逻辑是不会让蕾娜停下来的。她会把她那一团糟的生活都归咎到我的头上来，她在职场上的失败、她无儿无女的状况、她一次次有头无尾的感情关系，假如没有我、我和他的友谊、我施展的影响力，安德烈亚斯似乎就真的能过上另一种生活，她也能成为一对幸福夫妇的幸福女儿。瞧她这话说的，好像安德烈亚斯就没过上幸福生活，没有幸福婚姻，她自己好像也不是幸福地长大了似的！在就她的人生大不幸进行控诉的时候，她肯定会变得失控，她会把档案资料的复印件砸到我的脸上，声音越来越大，一边叫嚷一边大哭。

她肯定会等着看我被罪恶感和羞耻感冲击得晕厥过去，

我会恳求她的宽恕和原谅。她会让自己镇静下来，又绷起她那张法官脸，说，她可以原谅，但是，真相必须曝光，她会亲自让真相大白于天下的。然后，她会期待着，我绝望地挣扎反抗，求她千万不要这么做，千万别把我当街示众，让我饱受屈辱。哈，如果我此时还能做到老泪纵横，她该有多得意啊！她会迎上来，一定会是这样的，从旁打量着我，好像我是一个毒瘤，有待医生用解剖真相的手术刀把我从历史中挖出来，清理掉。

不，我不会让自己加入蕾娜的游戏的。我理解，她要摆脱她自己的故事，要把话都倾倒出来。她是我朋友的女儿，我怎么都会容忍她绷起控诉的脸孔，容忍她的叫嚣和哭喊。可是，让我表演悔过，只是为了能让她安静下来，这可不行，这太离谱了。我将对她说，她在档案里找到的那堆污秽，不是真相。这当然说服不了她，她又会开始发作，我呢，我就会把她轰出门去。

一切的一切，都以不伤害安德烈亚斯为前提。我跟他举行了告别仪式，他得到了安息，我也找到了我的安宁。我完成了跟他的那场谈话，那场他活着的时候未能进行的谈话，那场我总觉得不着急做，到最后却没来得及做的谈话。我跟他说了，当时是怎样一种情形，我干了什么，以及出于什么理由和要达到什么目的，我告诉他，我并不为自己的行为感到自豪，但是很高兴，这个行为给了我们的人生一个大礼包，我们的一生都有友谊相伴，我们在工作上也携手并肩。我还说，在一场错误里是没有正确人生的；像我们这样拥有友谊并且在事业上共同前进，这在东德是不可能的，尽管生活本该是这样。我从最坏的情况里，为他和为我自己创造了最好的选择。我还跟他说，我知道我不应该背着他干那件事，我不会为我自己辩解的，我也不会只是跟他说声对不起而已，我会躬身接受他的判决。

他会微微一笑，他那充满理解的、友善的微笑，然后把胳膊搭在我的肩膀上，说“好了好了”。然后，他会聊起我们一起度过的美好的岁月，聊到我们的项目，我们的女人，我们在别墅里一起度的假，或是在波罗的海边，在施普雷森林里，还有我们途经海牙去阿姆斯特丹那次。那可是我们梦想了多次的旅行，两德统一后，我们立即就把它给实现了。还挺便宜的，去和回的路上都在长途大巴里过夜，这样我们在市里的旅游就有两个白天的时间，而只需付一个晚上的酒店钱。我们去的是阿姆斯特丹，其他人在两德统一后的第一次西方之旅，通常去的是柏林、伦敦或罗马，可我们在读书的时候，认识了斯宾诺莎，我们热爱他。他改进了镜头旋转仪和镜头研磨器，是第一位世俗的思想家、哲学家，把世间最高和最深的原理用几何学的精密性来进行阐述。在阿姆斯特丹，我们沿着他的足迹穿过城市，那儿有看不够的运河和桥，还有砖砌的窄窄的房屋。还有那些无比新鲜的鲑鱼，这个时令菜正好让我们赶上，吃到嘴里，就像黄油融化在舌尖！

这场谈话进行得不错，彼此的告别也完美。仪式是令人伤感的，和一位朋友告别自然令人伤心，即便是在友善中分手道别。我们将不再一起聊天。他死了。但是，我会像忆起童年那样回想我们的友谊。对童年的回忆及对友情的回忆都会出现在我的衰老之年。

和安娜去野餐

1

我打开房门。门外站着刑侦警官，他面带笑容，对我说：“我正打算摁门铃呢。”

“还有事儿？”我正要出门去面包店。每天早上我在面包店里喝咖啡，吃个牛角面包，读读报纸。我正打算开始我的一天。

“还真有事儿。”他满怀歉意地抬抬手，好像又来打扰我让他很不好意思。可是，当我把路让开，他却又带着挑战式的理所当然的劲头进了门，穿过走廊来到我的书房，站到窗户前向外张望，又一屁股坐在我的书桌前，从那个位置透过窗户向外看，然后，才在沙发上坐下。“昨天您说，您当时躺在床上，什么都没有看见。您对面的邻居观察到，您在零点三十分走进了这个房间，打开了窗户，在打开的窗户前一直站到凌晨一点半，往大街上张望。”

“这位女邻居居然一眼不眨地盯了我这么久？”

他无视了我的冷嘲热讽。“这位女士睡眠不佳。如果她醒来，再也睡不着了，她就会走到窗前，指望能看见什么有意思的事情。您是她觉得最有意思的。至于在她自己住的那栋楼，几层楼之下的大门口发生了什么，她反倒一无所知。她没有开窗，也就没有把脑袋伸出窗外。”

我敢肯定，我当时没有开灯，那她是怎么看见我的呢？我耸了耸肩。“除了昨天跟您谈过的话，我没什么其他好说的。我当时躺在床上。”

“零点三十分的时候，您把这个房间的门打开了。您身后的卧室里灯是开着的，因此您的背景是亮的，邻居能把您认出来。然后，您把卧室的门关上，打开了窗户。一点半的时候，您把窗户关上了，把通往卧室的门打开，卧室的灯光又造成了明亮的背景，让人能把您认出来。您站在窗户前面的时候，到底看见了什么？”

“我尿急，有可能我醒来过两次，去上了厕所，第一次起来的时候开了窗户，第二次起来又把窗户关上了。关于起夜本人是不做记录的。”

他仔细打量着我，一脸的瞧不起、失望和轻蔑。“晚上有月亮吗？”

“我哪儿知道，我在床上。”

“好吧，您就这么说吧。”他站起来走了。在敞开的门口，他又停了下来，朝我转过身来，瞪着我。“您为什么没有喊叫？哪怕就喊那么一声？一声就管用啊！”

2

我走进卧室，然后又走回书房，朝对面那栋楼望去。我住在五楼，对面那个女的如果能像刑侦警官描述的那样观察我的窗户，那么她应该也住在那栋楼的五层或是六层。

我在这里已经住了十八年了，周围的邻居我都认识。对面那栋楼里，一层住了一位教钢琴的女教师，还有一位年迈的女士，这位我敢打赌，她夜里肯定站在窗前往外看，但她一定是看不见我的。住在二层和三层的几对老夫妇也不可能看见我。四层楼住了一对年轻的夫妇和他们的五个孩子，男的是医生，女的也是医生，每层楼有两户公寓，他们把两户打通，住了整一层。第五层楼，一边住的是一位年轻的医生和他的太太及两个小孩，另一边是医生给他生病的父亲租下的，这个老头的妻子从前是护士，现在成天照顾他。刑侦警官谈到的所谓女邻居，看来是住在六层楼的那个老太太了。那层的两套公寓之一，门铃上贴的姓名牌上写着薇雷娜·魏德纳。另一套公寓的门铃上贴着公司或是机构的牌子，但我不知道这是个什么样的公司或机构。就连住在二楼和三楼的老夫妇，尽管他们爱把双臂交叉在胸前，抱着个垫子坐在窗前，用眼睛追踪窗外街上的人来人往，看谁在干什么，但他们也搞不清楚那是家什么公司或是机构，只知道这间办公室是属于魏德纳太太的。每隔一天，她会准时地在上午十点钟叫一辆出租车来把她接走，下午一点再把她送回来。也许我们只消跟踪她一次，就能把这个谜给解开。

每年夏天，位于我这栋楼二层的居委会都会举办一个街道联谊会。每年夏天，现如今头发已经灰白的激进左翼人士都会借此时机，号召大家提高集体参与政治活动的积极性。可是，这些政治活动又能指向何处呢？我们这些楼是十九世纪末期盖的，都已经整修过了，街道上的沥青路面也换成了石板路，如果没有小汽车驶过或是停靠，这条街绝对彰显出一个属于往昔的完美世界。有时候，电影公司会到我们这条街来取景，为此，居委会会要求他们为居委会成立的邻里互助协会捐一笔款，每次也都会得到。新搬来的更富裕的租户和户主并没有排挤又老又穷的户主及租户，而是大家和谐相处。就连在街道联谊会上，大家也是和睦欢聚，一起坐在啤酒花园用的那种长条凳和长条桌边，吃着图林根烤肠，配土豆沙拉，或是土耳其焦炸丸子配香草沙拉，一边痛饮啤酒，一边看某位居委会的人给小朋友表演变魔术，或是放动画片。

我们的房管员负责管理我住的这栋楼、对门的那栋楼，还有我们这条街上的其他几栋楼。举办街道联谊会时，他负责搭场子和拆卸。十六年前，他从哈萨克斯坦带着老婆和三个孩子来到这里。他的面孔坚硬，说的德语也很生硬干巴。他待人严格，他太太也是，他们一喊孩子回家，我从没见过有哪个孩子敢磨蹭的，他们让孩子做什么或不许做什么，也没有任何一个孩子敢犟嘴的。最大的儿子当上了律师，老二成了工程师，最小的女儿还在上学。

准确地说，她曾经在上学。房管员一家住在我对面那栋楼一层的公寓里，挨着女钢琴教师的家。前天夜里，这个女孩在楼栋门口的台阶上被杀害了。

3

她的名字叫安娜，跟她的两个哥哥很不同。大哥是家里的第一个孩子，比我见过的孩子都要严肃。老二性格内向，有时候会露出一种谨慎的微笑，仿佛是他懂一些别人不懂的东西。他跟他的兄长一样，一满十八岁，就不跟父母同住了。两兄弟都很爱他们的小妹妹，街上的孩子因为对这兄弟俩心怀恐惧，从来都不敢欺负安娜。他们的母亲有一次对我说，谢天谢地，安娜还住在家里，要不是因为她，这哥俩儿连周日都不会回家吃午饭。

我从来没见过比安娜更快乐的孩子了。就好像是，安娜把她父母和兄长那里缺失的快乐都聚拢到了自己身上。当这家人搬过来的时候，安娜还坐在婴儿车里，不是妈妈就是哥哥们推着她。在街上遇到这家人，我总会停下脚步，跟他们攀谈几句，我想给来自哈萨克斯坦的新邻居留下一个印象，他们在这里是受欢迎的。我喜欢听安娜牙牙学语，嘻嘻地笑，还喜欢看她的蓝眼睛和红扑扑的小脸。她光芒四射，她的光照亮了我的日子。

我是一个，哦不，我不是一个让人受不了的人。我跟任何人都能相处得不错，有时候，我觉得跟人打交道挺累的，但大多数时候我都能轻松应对。我独自一人，倒不是因为别人受不了我，或我忍受不了他人。不知为何，我就这么进入了单身生活的状态，并且安定了下来。就是这么回事。要是我能跟更多的人相处！要是我当了教授，就会有年轻人围着我转！要是我当了作家，就能与我的读者见面！但我成了一名书籍大夫。在家里，我坐在书桌前，把那些糟糕的稿子修改成一本本好书。我的活儿都是通过互联网接单的。那些作者并不想见我，见了我他们会害臊，我也不想见他们，因为我瞧不起他们。

如此一来，我就认识不了女性。要想结识女人，我必须在网上找，或者参加个什么协会啊，合唱团啊，做个瑜伽什么的。倒不是说我从根本上抗拒这些事，只是，就拿做瑜伽来说吧，我受不了那股味儿，混着人体的汗味和印度的香薰，加上冥想那类录制音乐，还有那声让人发紧的“奥姆”——这些我都不行。此外，尽管我已经上了岁数，可我并不觉得自己老了。我能想象，我的生活就像扔骰子，中个大运，就能从头再来，而且会从头再来的。我将不再猫在黑洞里工作，我的书房窗户太小，只能靠灯光照明。我将不再生活在阴沉的天空下，年年十月到三月这个阴郁的天棚都罩着我这座城市。我将不再让那些糟糕的书稿里的深色字母跟踪我直到梦里。我将不再对我的人生怀抱阴暗的想法，这个人生没有成为它本来应该成为的样子。一切都将不同，都将变得美好。我的生活将变成一团亮色，而不是偶尔被一束光照亮日常。

即使安娜后来长大了，长个儿了，她的光亮也没有熄灭。我的眼前就是她，她怎样站在人行道上，怀里抱着入学礼包，她的金发带着卷儿，脸蛋儿红扑扑的，蓝色的眼睛里充满对生活的渴望和好奇，脸上挂着微笑，跟任何人都无关，这个微笑就是她给自己的，是她的甜蜜可爱之处，是她的秘密。我眼前出现了她在周日第一次领圣餐的样子，白裙子、白色发冠，像一位新娘，迷茫、美丽而骄傲。她经常在街上和街角跟孩子们玩耍，有时候，我站在窗前看他们玩。看着孩子们追跑，彼此肘击和佯攻，吵架分手，又重新聚合，吵崩了，又和好，我就很高兴，我还喜欢听他们的嬉闹声，好像来自我的童年，也是每个人童年的响音。不过，我的目光总会落回到安娜身上。她在那儿疯玩儿疯叫，但仍有一种氛围环绕着她。不仅因为她总是穿裙子，这是她父母的坚定主张，还因为她总是站得笔直，也不像其他孩子那样满头大汗，把自己弄得皱皱巴巴的。不管她是领头的，还是跟在别的孩子后面玩的，也不管她是追人还是被追，接球还是躲球，她的一举一动里，都带着一种魅力，或者说还有一种高贵的气质，或者说还有一种诱惑力。有时，我干脆走到街上去，要么从汽车里取点什么东西，要么去商店购物，就是为了从近处看她。有时，她会恰巧抬头往上看，认出我，给我一个笑容！

我眼前还出现她四五岁时的样子，她跟父母和哥哥在公共浴场，我躺在离他们几棵树之遥的地方。她没看见我，她谁都没看见。她并没有躲藏起来，只是稍稍避开点，靠着一棵树，一只手在小裤头里，一脸陶醉幸福之情，弄得我都没办法转过脸去，而是非看不可，直到她的心神又返回这个世界，接着她先是悠然地，随后是迅捷地朝水边冲去，尖叫着跳进水里。

有一年在街道联欢会上，我跟她的母亲攀谈起来，不仅仅是客套寒暄。他们家的老大在准备高考，德语学得很艰难。这位母亲理解原因何在，她和她丈夫都讲一口结结巴巴的德语，一涉及上学、读书和就业，就给孩子们起到了负面作用。我说，我的工作不就是跟语言打交道吗，要不要我跟她的儿子聊一聊？于是，我跟她的大儿子一起谈他写的作文，他读的书本，以及他应该去参加哪些活动。他非常乐意地接受了我的鼓励，后来他的高中毕业成绩虽然没有拔尖，但已经相当不错了。安娜上学后，她在学校里一遇到难题，就来找我。

4

面包店里的熟人多，他们跟我友好地打招呼，弄得我不好拔腿就走，那个刑侦警官也跟着进了面包店，在靠后的一张高脚桌边站定。我朝他点了一下头，给自己买了咖啡、牛角面包和报纸，找到人行道上摆的一张高脚桌，把自己安顿下来。可这位刑侦警官又追到我这里，把他的那杯咖啡摆到我的桌上，还给自己点上一根烟。

“我可以跟检察官聊，再让检察官去跟法官说情。您不愿意说您看见了，是因为您将会因为见死不救而受到指控。可是，如果您不对我们说出您亲眼看到的实情，我们就没有办法把那个小子抓起来。可如果法官现在对您见死不救这事儿不做处置呢……”他摇了摇头说，“我要把那个小子抓起来。她并不是立刻就死了的。她是不能动也不能喊，可是，她直到失血过多前，意识都是清醒的。她知道，她正在走向死亡，她再也没法……”他又摇了摇头，“这是一场丑恶的谋杀。可是，这还用得着我来说吗？您不是都看见了吗？”他把他的咖啡留在了我的桌子上，人走了。

他抓不着那个家伙？好像他不知道似的，大部分的谋杀都是由跟被害者很亲近的人干的。他只需要把安娜的社交圈扫描一遍即可。在过去的一段日子里，这个社交范围变得不那么一目了然了，也不那么令人愉快，不过，还不至于大到让刑侦工作的系统调查搞不定。我拿起电话，询问“不可推卸的协助和救援”意味着什么。如果有人能提供帮助也必须提供帮助，却袖手旁观、见死不救，那么，此人将被判处最多一年的徒刑或者缴纳罚金。

老天知道我可是帮过安娜的。而且，我从心底乐意帮助她。帮她打开走向世界的大门，这曾给我带来多么大的快乐啊！我曾教会她阅读，我帮她睁开眼睛，去发现文学和大自然的世界，还教她历史和哲学——在安娜身上我发现，我能够深入浅出、通俗易懂又充满张力地讲解大思想家，简直能写一本给儿童读的哲学书。

她上五年级拿到第一张成绩单的时候，来找我，成绩单上全是极差的分数。上小学低年级的时候，她属于班上拔尖的学生，一没专心听课，二没积极参与，所以，她也没学会认真学习的方法。她只是望着窗外做梦，梦想自己是一只小猫或是一个女佣，一位公主或是一个女巫，一群强盗的首领，一个海盗，或是一个女演员。她的父母允许她看适宜儿童观看的电视节目——动画片、童话故事片、历险片和古装片。

得了差分，她很不高兴。她觉得她可以做个好学生，也想做个好学生。第一学期落下的课，她在下一个学期就轻而易举地跟上了：数学里的加减乘除；英语里的复数和属格都用 s，可这两个 s 怎么个不同；德语语文里的变格和动词变位。德语课上让读的青少年读物她都不喜欢读，她此前也从来没有读过其他任何书，我就读给她听，直到她自己爱上读书为止。

我们俩共度的时光好像长上了魔法的翅膀。安娜一到我家来，我们先一起做数学和英语，然后做其他的副科，最后攻德语语法。这些都做完了以后，我给她朗读格林和豪夫的童话，约翰·彼得·赫伯尔和戈特弗里德·凯勒的短篇小说，诗歌和民谣，卡斯特纳的故事。我坐在沙发上，她坐在我身边，头靠在我的肩膀上，有时，她把自己伸展开来，头枕在我的腿上。故事讲到引人入胜的地方，我看见她的脸颊烧得通红；听到伤心处，她的睫毛忽闪忽闪的；她跟着故事欢欣鼓舞时，眼睛里满是喜悦。我听到她的呼吸声，快速的、平浅的，或是缓慢的深呼吸，我知道，她全身心都在倾听。我闻到她的气味，不可比拟的、不可复制的、介于女孩与女人之间的少女气息，像新鲜的果子，有一股子要把人搞疯的劲头。

我从来没动过安娜一根手指头。在一次街道联谊会上，她对我说，她快十一岁了，以后我们俩要结婚，说着她就给了我一个吻。我的脸立刻就红了，不光是红一点点，而是从外到里全红了。有一个女邻居看到了，似乎她在问自己，我和安娜之间到底算怎么回事啊。还有另一位说“我看见你们俩了”，我的那片潮红，本该已经消散了，结果又泛到脖子和头上。

这位女邻居看到了安娜和我在运河边野餐。在地理课上，安娜要完成一项作业，对我们城市里的自然做些调查。我准备了一套水质检测仪，我们从运河里取水，测试了水的整体硬度、碳酸盐浓度、pH 值和亚硝酸盐含量，之后，我们在运河边坐下来，吃了一个夹心长面包，里面放了萨拉米腊肠和奶酪，还喝了苹果汁。我们坐在我们带去的毯子上，就像其他人坐在他们带去的垫子上。这位女邻居骑自行车路过的时候，摁了车铃，冲我们挥挥手。这有什么可值得压低嗓门来一句“我看见你们俩了”的。可我就这样，不仅没盯着她的眼睛回她一句“我们也看见你了”，而且还涨了个大红脸。

我们对大自然的喜爱之情，是不会让这个女邻居给败了兴的。安娜从来没跟她的父母和兄长去散过步或在大自然中徒步，可能在哈萨克斯坦不兴散步、徒步之类的。安娜是跟我一起发现了散步和徒步之乐的，她快乐极了，看见树木高兴，听见鸟鸣高兴，发现树桩子朝北那面的青苔高兴，看到枝条上的小苞芽也高兴，这些小苞芽在冬天的时候就为绿叶的生长做好了准备，春天一到就抽芽。安娜的快乐证明了一个智慧之语，那就是，只要你穿对衣服，就没有坏天气。下雨和阳光灿烂一样好。我多么想带安娜到我的故乡去徒步旅行啊，那里有宫殿、古堡和废墟。安娜肯定会惊讶得合不拢嘴。可是，这要出门好几天，我也就不做这个提议了。

仅就我带安娜去听音乐会和看歌剧这事，她父母就已经大惊小怪了。他们支持我们去参观博物馆，在哈萨克斯坦，他们也进过博物馆，但从来没去过音乐会，更没看过歌剧。我邀请他们同往，可他们连连摆手，好像我要对他们干坏事似的。他们带着疑惑的眼神，观察安娜在听音乐会和看歌剧前，给自己梳妆打扮，他们一直等到安娜回到家才上床睡觉。他们对我没有疑心，他们疑心重重，是因为对自己成长于其中并身处自如的生活圈层的越界。

我没有跟安娜说过，在去听音乐会和看歌剧之前需要打扮自己。我不知道，她是从哪里得来的这个主意。我们第一次去的时候，我穿着牛仔裤和毛衣去接她，结果她那么受伤，以至于我得跑回家，换上我那身深色西装才行。我们叫了辆出租车，险些迟到。这也成了我们的习惯，我们每次都坐出租车去看演出。出门前，安娜到我这里来，我们共饮一杯香槟酒，开头几年喝的是儿童香槟，后来就喝真香槟了。等车开到了目的地，她坐在出租车里不动，等着我转过去给她开车门，扶她下车。她走在我身边，是那样的妩媚，那样的美丽，走过我们身边的人都会掉过头来看她。这是一位晚年得到宝贝女儿的父亲呢，还是一位祖父领着生得早的孙女，或是一位老者陪着年轻的情人——我不知道人们是怎么想的。安娜会扬起脸朝我看，或挽着我的胳膊，或身子紧紧地靠着我，她在表演一出戏，在做一个游戏，她喜欢挑衅他人的想象。我知道她的把戏，可同时也很快乐，仿佛假戏可以真做似的。

5

可这又不仅仅是一个游戏。当她长到十五六岁的时候，我们两人已经变得那样相知相熟，这种熟知的程度只有在忘年之交之间才会产生。在我很年轻的时候，很多话我不能跟父母讲，那时我就幻想，我能有一位婶婶或叔叔，或祖父母，我能跟他们讲心里话。安娜能跟我讲，能跟我聊一切想聊的话题，她读过的书，她听过的音乐，她的女友和第一个男朋友。

我怎么会发觉，接下来可能发生什么呢。我也不想去发觉。安娜喜欢挑衅他人，而且乐此不疲，不仅是在音乐会和歌剧院里，而且，也在坐公交、坐地铁、去餐厅的时候，她或是扮演一位年轻的情人，或是假装在嚼另一位客人的舌头。有那么一天，她居然会把这种伎俩用到我身上，我从来不愿往这方面想，直到这种事情真的发生了。

那是在地铁里。她和两位女友在坐地铁，一位是金色头发，另一位是深色头发。她告诉过我，她有一个金色头发的女友叫雷奥妮，还有一个深色头发的女友叫玛格特，于是我就走过去跟她们坐在一起，跟安娜打个招呼，然后问那两位是不是雷奥妮和玛格特。那个金色头发的女孩说："别跟我的女友套近乎！"那个深色头发的女孩说："老爷爷，可别抢我的东西啊！"声音那么大，以至于别的乘客都转过头来往我这里瞧，而安娜就坐在那里，手捂着嘴咯咯地笑。地铁一停，也不管是哪站，我就立刻下了车，找了一张椅子坐下来。我几乎崩溃了。

第二天，她如约到我家来，高高兴兴地告诉我，她和她的女友们玩的是“被套近乎”和“被抢东西”的游戏，求我不要生气，求求啦，这一切都只不过是好玩开心罢了。我知道，我心里还是有些恼火的，可我不愿意这样，而且我也理解，年轻人要玩他们爱玩的游戏，要寻他们的开心。于是安娜哈哈一笑，我也跟着笑了，还在心里对自己说，安娜当着她的小女友的面被一个老头搭讪，估计也够让她难为情的。我不应该在地铁里跟她打招呼，以后在类似的场合我还是不跟她打招呼为妙。这样一来，我们的关系又和好如初了。

不，其实没有和好如初。没过多久，在学校戏剧团的演出结束后，安娜在招待会上对我简直就是视而不见。是她邀请我去看演出的。当演员们走进招待会大厅的时候，我站在那里，拿着一杯葡萄酒和一个椒盐麻花小面包，跟别人一起为她鼓掌。我朝安娜走去，想祝贺她演出成功，她演得光彩照人，可她却把身子转了过去。过了一阵子，我又一次试着去表达我的祝贺，可她再次把身子转向别处。等我们二人下次碰面的时候，她一见我就说：“你当时在哪儿啊？我怎么没有看见你？”我也假装情况就是这样，可心里充满了恼怒。

到了四月份，她满十七岁了，我送给她一台电脑，这是她心心念念的生日礼物，我还邀请她去看施特劳斯的歌剧《阿里阿德涅在纳克索斯》。她跟往常一样，梳妆打扮了一番，可是她穿的裙子太短了，领口开得太低了，她穿着渔网黑丝袜，嘴唇上的口红抹得过于红艳。我心想，她不再是一个小姑娘了，长成一个女人了。我之前怎么就没有察觉到这一点呢？她为什么要把自己打扮得如此过分呢？她为什么要把自己打扮得如此艳俗呢？然而，她和我一样，被甜美的音乐深深打动了，在对音乐的共同热爱中，我不再操心其他的事了。

后面的事情来得很快。她越来越频繁地毁约，再后来，她就不到我这里来了，甚至都不跟我说一声"来不了"。与此同时，出现了四个小伙子，她跟我介绍说这是高三年级的朋友，在我眼里，这几个人看上去不是像贩毒品的就是像拉皮条的，当然我得承认，我并不认识任何贩毒品的和拉皮条的。这些人有辆汽车，开着轰隆的大喇叭停在楼门前，接安娜出门，之后又开着轰隆的大喇叭把安娜送回家，送回家的时间开始是晚十点，后来就搞到半夜两三点。有一天晚上，安娜的母亲来找我，跟我讲起对这个孩子的担忧——安娜不听话了，她想干吗就干吗。她问我是否能跟安娜谈谈。说话间还暴露出来，安娜有时拿我当借口出门。

当她和她父母一起来参加街道联谊会时，我主动跟她聊起来，问她过得怎么样，在学校的功课如何，她在读什么书，听什么音乐，我们要不要再碰面，再一起做点什么活动。她没有犯倔，而是做出夸张的喜出望外的样子，笑了又笑，还碰碰我，但什么信息都不给。当我跟她说，那四个小子跟她不合适时，她说，她现在只跟其中的一个来往了。实际情况是，那辆车和三个小子都不见了，还有一个小子步行来接她，再步行把她送回家。

6

我并没有暗中去调查这个人。事情是偶然发生的。我去看一个朋友，晚上回家时，穿过人民公园，看见他跟另一个女孩在公园长椅上坐着。我看到他们很亲昵，两人如胶似漆，手都粘在对方身上，我心里一喜，看来安娜终于摆脱掉这个小子了。可就在这时，情况急转直下。接下来我看到，他出手揍了这个女孩，冲她大喊大叫，她呜呜地哭着，用胳膊遮住了脸。我把步子迈得很响，从长椅前走过，他抬头看见了，松开了女孩。我继续往前走，还听到他又吼了那个女孩一声，接着，我听到他跟上来走在我身后。我害怕起来，可他从我身边跑了过去。当我走到公园边上的时候，他的踪影已经在一栋建筑的入口处消失了。

安娜没有摆脱他。我看见他们二人还继续在一起。有时，我看见安娜一个人走在街上，在商店里，在面包房里；有时嘴唇是破的，或脸上青一块紫一块的，脸上的表情高傲、执拗。我试图跟她说话，可她总是把我支开。我又试了一次，这次我们站在街上，她又想把我支开，正在此时，她的男朋友来了。他站在我对面，揪住我的衬衫，问安娜，我是不是骚扰了她。我还从来没有这么近距离地看过这个人，他的脸长得并不糟糕，看上去并非不聪明，并非感受迟钝，只是他的眼睛里有一道光，这道光令我恐惧。

“这老头什么也没对我干。他是缠着小姑娘的那种人。我已经是大姑娘了。”

“你还是小姑娘的时候，他骚扰过你吗？”

“放开他，卡洛斯。”

“他骚扰过你没有？”

“这位教授没摸过我、碰过我。他不过是想把一个花季小女孩培养成一位优雅的淑女。如果你不是那么蠢的话，你就能明白我在说什么。把他放开。”

“小姑娘，花季小女孩——他就不应该把他的咸猪手伸向这些女孩子。”他气势汹汹地骂着我，“否则的话，小心我撅断你的爪子！”

“行了行了，走吧。”安娜径自转过身，走了。她肯定听到了，她的男朋友给了我肚子一拳，我倒在地上，他抬腿朝我侧面踢了几脚。安娜转回身看到了吗？总而言之，她没有走回来。除了我们，街上再无他人。这是每天上午最死寂的时候。

我爬起来，好不容易沿着街走到我住的房子，上了楼，进到我的住所里。我想泡个热水澡，可是，到了浴缸边上，我就跪了下来，滑倒在地上。我就那么躺着，双膝弯曲着压在肚子上，双臂抱住弯曲的双腿，睡着了，又醒来，拖着身子，爬到床上，再次醒来时，窗外天色已暗。我的肚子和我身体侧面还在隐隐作痛。但是，我把一个冷冻食盒放进微波炉，开了一瓶葡萄酒，在桌边坐了下来。

之后，我坐在没有开灯的昏暗的客厅里，尝试着跟安娜进行告别，跟她达成和解。我本来可以把她归类为一个愚蠢女孩完事，这个蠢蛋曾被我唤醒过一时，接着又陷入昏昏大睡之中，这就像某一部电影中的情节，一位精神病医生用某种方法治疗昏迷的病人，把他们唤醒，让他们有思有感，直到副作用出现，这种治疗方法不得不中断，病人们又重新回到昏迷状态。可安娜如果又重新陷入了昏睡，就不会暗示什么皮格马利翁，我们曾经一起在剧场里看过这出话剧。她醒了过来，什么都没有忘记，什么都没荒废，只是不想再跟我有任何来往了。我们共同经历过的一切，她也都不想再碰了。为什么？为什么她对卡洛斯言听计从，在性的问题上百依百顺？她也染上毒瘾了？或者，是我做错了什么，就像剧中的教授对待那个花季少女？我从来没打算把她塑造成什么人，我爱的是她自己的样子。还是说我曾经想把她塑造成某类人，只是不自知而已？

我的愤怒随之涌来。我不得不接受这个事实，安娜长大了，大到超出了我们的关系允许的程度。人们会成长到超越某种关系。但是，安娜对我的恶劣态度和侮辱，不是我咎由自取的。行了行了，走吧，她这么对她的男朋友说——行了行了——她怎么可以在她的男朋友面前这么说我的坏话？她怎么能允许她的男朋友这么欺辱我？她怎么能如此作践我？

我并不愿意他把她杀了。我看见他们俩站在楼栋门口，看见他们俩陷入争吵，他揍了她，她打回去，他抡起胳膊揍她，而我根本就没有看见，他手里还拿着一把刀，直到他把她丢弃在地上，用她的裙子抹了抹刀走人后，我才看到那把刀。她已经一动不动了。

7

我知道，我本应该喊叫的。可事情发生得太快了，我一时没搞明白发生了什么，也无从知晓事态的严重性。当我终于明白发生了什么，我是应该打电话叫救护车和警察的。可我做不到。我站在窗前，从上往下看着安娜，我就像麻木了一样。当我抓抓自己恢复了知觉，能够把窗户关上后，我当时应该是能打个电话的，可为时已晚。

或者，是不是我心里认为她活该？倒不是说她该遭谋杀，而是她该挨揍？然而，我为什么就做不到给急救医生打个电话呢？是什么东西让我僵在原地不动？是不是我害怕，我给急救医生打的电话能让他们追溯到我本人，发现我见死不救，只是当了个旁观者？是不是我怕人发现，我只是袖手旁观，并非因为事情发生得太快，我一时没搞明白发生了什么，也无从知晓它的严重性，而是因为我巴不得她遭此一报呢？是不是我害怕人们会把我的心思看出来？

第二天早上，那个刑侦警官又来找我问话了。他拿到了验尸报告。安娜本来是可以获救的。“可我不是因为这个来的。您睡着觉。您反正也救不了她，对不对？”

我点点头。他直勾勾地盯着我，从他的目光里我又看到了失望和蔑视。而我呢，我似乎在点头附和他，对呀，我是令人失望，对呀，我该受人蔑视。

“我听说，有一段时间，您跟受害人走得挺近的。我们正在她的社会关系网内寻找凶手。您对她的社交圈、朋友、熟人有什么了解？”

在面包店门外，这位刑侦警官又凑到我跟前来。他朝我走过来的时候，看见我站的位置了。天空无比阴沉，我也很阴沉。在刑侦警官的注视下，我觉得自己就像一只虫子，应该被踩死的那种。

而就在这一时刻，我仿佛受到启示，豁然开朗。这个时刻，是我的人生可以重新洗牌的时刻，命运的骰子可以重新被抛掷。只要我愿意，一切皆有可能。我只需行动，去踩死那只虫子，而不是当那只要被踩死的虫子。我只需采取行动，我的生活就会光明起来。

“安娜和我比较熟——这已经是好久以前的事了。很是遗憾。您跟她的父母聊一聊，就会听到，在过去的这一段时间里，安娜交友不慎。她有一次跟我说，她新近交往的朋友是高三的男生。这些人看上去可不像高三的学生。可是，我又怎么会知道，如今高三的男生长什么样子呢？”

“如果我们给您看照片，您能认出安娜的那些朋友吗？”

“这我就不好说了。有过那么几次，我从我的窗户里看到过他们来接送安娜。”我对刑侦警官笑了笑说，“您自己从我的窗户往街上看过——还是有相当一段距离的。不过，等您有照片给我看，就随时给我打电话吧，我愿意去警察局找您。”

我在他脸上看到了惊诧。他察觉到，事态发生了变化，我发生了变化。我强大起来了。我跟他道了别，他没有拦着不让我走。我回到家里，打开一个匣子，里面装着我父亲留下来的瓦尔特手枪。

父亲去世后，我在一大堆乱七八糟的东西下面发现了这把手枪，那是一堆没读过的杂志，还塑封着的艺术和历史书籍，没开过封的奖章、钱币和邮票的收藏册，没开过包的工具盒子，还有山羊绒毛毯，银质刀叉和蜡烛台，所有这些特价商品都是我上了年纪的父亲抵制不住廉价的诱惑而买下来的，在他的书房里堆积成山，成了他的财富。说是书房，但他早就不在那里工作了。他曾是一名记者，跟社会各界人士都得打交道，难道他也跟黑社会打过交道？他给自己买了把手枪，因为他在调查黑社会的时候有些害怕？也许是当年的风气，正式从业者都要给自己备一把手枪？他去世后，我本应该把这把手枪交到警察局的。可是，当我在这堆乱七八糟的东西下发现了我父亲的这件遗物时，距离他过世已经过了数周了。我担心，警察会用怀疑的眼光打量我。于是，我就把这把枪留了下来，把它锁了起来。

我把手枪拿了出来，握在手里，手感很不错，沉重、踏实、危险。我从来没把它拆开过，没擦拭过它，没给它上过油。我对它的了解实在有限。但是，我知道怎么把弹夹取出来，装上子弹，再把弹夹推回去。我知道怎么打开保险，怎么合上保险。

我走到窗前，往外看去。阳光驱散了沉沉灰雾，这是一个明亮的春日。我有可能去人民公园，也许那儿的树林和灌木已经抽出第一批绿芽，也许那里的迎春花已经绽放。我可能会坐在一个公园长椅上，跟已经坐在那儿的读报的老人或是带孩子的年轻妇女闲聊两句，我明朗的心境会化解他们的阴郁之感。

我做出的决定给我带来了怎样的解放感啊！尽管我还没有干那件事，那件事还等着我去干，可我已经快乐无比了。我终于是我了，无所畏惧，充满力量，男人气十足，而安娜又是我的安娜了。

我似乎觉得，好像我已经把那件事办完了，不，不光是办完了，而且是完美地付诸实践了。就好像是我在那儿等着，等着那人从那栋房子里走出来，站定，然后过马路，而我仿佛从衣兜里掏出了手枪，开射。

姐弟音乐

1

她跟一个女人和两个男人站在一起聊着，她身穿一条带黑色绲边的蓝色连衣裙，手里端着一杯香槟酒。他一眼就看出来，这四个人不是本地的，他们从外地来，向周边散发着一股上流社会的气息，这种上流感在柏林地界上是遇不到的，要到慕尼黑、杜赛尔多夫和汉堡那边才有。他站在那里，有一刻迟疑不决——假如真是她的话，他是否应该上前去打个招呼，他愿意跟她打招呼吗？直到她看见了他，冲他招招手，然后朝他走来，他也就只好迎面走上去了。她领着他走回她原来站的地方，把他介绍给自己的先生及友人，友人夫妇及她和她先生都住在法兰克福。她又把他介绍给大家：这是菲利普·英格贝格，她的中学同学，是位音乐史学家，写过关于家庭音乐的专著，去年一些大报的副刊对这部著作均好评如潮，她也拜读了，很是享受。他十分惊讶，她居然知道他在做什么，而且还读了他写的东西。

来自法兰克福的客人们对当晚音乐会的节目安排很是赞赏，有巴赫的管弦组曲、布鲁赫的小提琴协奏曲和格拉斯的第四交响曲，他们对小提琴家和音乐厅也赞不绝口，演出间歇中的服务也那么高效，柏林这个城市的文化活动真是丰富多彩。他们每年都来柏林玩，待上那么几天，听音乐会，上歌剧院，看戏剧，逛博物馆，年年都有新的收获。待过这么几天后，也就够了，大家于是心满意足地返回法兰克福。法兰克福也不是文化沙漠，其实正相反呢。正这么聊着，继续开演的铃声就响了。

“音乐会结束后你跟我们一起走！咱们在大门口见。”这两对夫妇并不挨着坐，他们各自从不同的入口进去了。你跟我们一起走——当年的苏珊娜就已然是这副做派，话讲得坚定又准确，因此，她说什么，大家就照做什么。刚才聊天的时候，她也跟当年别无二致，聪明、优雅、有教养，对错误的腔调有种准确的感受，比如她先生问起菲利普的学术背景时，语气里带那么点高高在上的意味，还有她的女友假装出来的对现代音乐的兴趣，苏珊娜凭她那种超凡的驾驭谈话的能力，不费吹灰之力就把话题换了，不令任何人难堪或紧张。他想起来，她运用同一种能力，还能把谈话推上针锋相对的顶点，把对手置于恶毒或绝望的心境。而且，她依然是一位风韵犹存的美人，她的满头银发披在肩头，不仅不使她看上去显老，反而别有风情。

当他在教室里第一次看到她的时候，她留给他的印象是高贵——她有着挺拔修长的身材，一头金发，绿色的眼睛，看人时有种目中无人的神态，根本不把对面的人当回事儿，但又充满穿透力，能把对方的思想和感受一览无余。她的音色很亮，从没有语无伦次的时候，讲起话来也不卡壳。在回答老师提问的时候，她的教养更是彰显无遗。她处于众星捧月的地位，不仅男生都迷恋她，连女生也崇拜她，都争着接近她，好沐浴在她的光芒中。菲利普是在新学年开始的时候转学到这个班上的，他的家从多特蒙德搬到了海德堡。让所有人包括他自己都大吃一惊的是，一次课间休息时，苏珊娜主动找他说话。“你看过《宾虚——一个基督徒的故事》这部电影吗？你喜欢吗？”苏珊娜被一大群崇拜者团团围绕，可她却偏偏找站在角落里的菲利普说话，把他拉进了自己的圈子，让他待在她的身边。

幕间休息结束的铃声响了第二遍，或者是响了第三遍时，菲利普还是站在原处，看着最后那几个磨磨蹭蹭的观众要么走向上楼的入口，要么走向下一层的入口，他明白自己也要赶紧入场了，可他就是提不起劲来。他听到了音乐厅的关门声，听到了欢迎指挥入场的观众的掌声，听到了第一乐章均衡律动的节奏，旋律间或有那么一下下打滑。他在楼梯的台阶上坐了下来。

他没有看过《宾虚》这部电影，也没看过《赤胆屠龙》、《热情似火》，还有《一个修女的故事》，这是些大家都认为非看不可的电影，否则和同学们在一起就没有发言权。但他和别人不同的是，他虽然没有看过《宾虚》和《一个修女的故事》这两部电影，但读过它们的原著。苏珊娜把他变成一个无须去看这些电影的人，因为他读了书，在他的脑子里会生成故事里的画面，而别人需要银幕为他们展示出这些画面。他没有钱买电影票，自觉自己没有办法跟别人比，被问起来时只能笑着摇摇头。但苏珊娜就是觉得他与众不同。在跟人周旋的时候，苏珊娜可以表现得异常大度。

音乐厅里卖节目单和负责入场开关门的是些年轻女性，

她们其中的一位朝他走过来，问他是否身体欠安，是否需要帮助，要不要她给他叫医生。这是一张友善的、充满关心的脸。他向她解释道，在幕间休息的时候，他遇见了一位女性，他们有五十年没见过面了，这次偶遇搞得他有些心绪不宁。那女生点点头，似乎懂他在说什么。他想，没准她真的懂他的话，也许自己对年轻人的信任度太低了。他站起身来。

“多谢您！您是一位好姑娘。”

她微微一笑，有些开心。“这算什么呀。您想听尾声吗？我可以把您放进去，就是没法让您坐到自己的原位了。”

他跟在她的身后。她轻轻地打开门，他站在那里，观看了指挥和乐队，这支交响乐团有很多的吹奏乐器，他的目光随着音乐厅的圆形场地寻找着苏珊娜，但是没有找到她。他听最后一个乐章的激荡部分听得越久，心里反而变得越宁静了。好吧，他将在音乐厅的大门口跟苏珊娜、她的先生和她的朋友们碰头。但是，他不会配合苏珊娜玩她的把戏，他将遵循他自己的游戏规则。

2

当年在学校里，她主动跟他说话的几周后，她就邀请他去她家里玩。她总是不断地把他拉进她的朋友圈子里。尽管如此，那次邀请仍然是一个惊喜。

最让人惊讶的是她家的房子，建筑在山坡上，福尔马斯一家人就住在这里。菲利普还从来没有见过这样一栋房子，嵌进了山体里，又从山里“脱颖而出”，带着巨大的露台，露台上有露天的壁炉和带落地玻璃窗的前庭，从那里可以俯瞰平原。从山下的街道出发有一节小缆车，沿山而上，直接开到房前。菲利普摁下按钮后，嵌在山墙上的门就自动打开了，等着他。他走进缆车后，它就顺着钢缆，发出轻微的吱吱声，被直接拉到了房子前面。菲利普不愿意问，出于何种原因要建这个小缆车，它是不是用于炫富的奢华品。他反正不怎么提问题，因为他不想暴露自己的无知。

苏珊娜的房间有一个单独的入口，还有自己的浴室和阳台。她往唱机上放了一张唱片，播放《甜言蜜语》、《把你的头枕在我的肩上》，还有《今晚我需要你的爱》——他没有收音机，更没有唱片机，只听过家庭音乐和教堂音乐的他，沉醉在这一切中：那流入心田的旋律，那诱人的歌喉，还有从阳台开着的门吹进房间来的夏日熏风，以及坐在他身边的苏珊娜。听过音乐后，他们坐在阳台上，看着太阳下山，喝着可乐，聊着学校里的这事那事，还有他们喜欢读的书籍，他们各自怀抱的人生梦想。苏珊娜爱读世界文学，想当一名作家，而菲利普喜欢读大众图书馆里那些描写遥远国度的图书，他渴望旅行，当一名科学研究者或记者，当一名船员出海也行。他没有办法接受邀请留下来共进晚餐，因为家里人还在等着他。苏珊娜陪他走到小缆车处，正好有一个与他们年龄相近的男孩被缆车送了上来。他坐在轮椅上，双手有力地推动着轮椅的轮子，朝他们迎面而来。苏珊娜弯下身，给了男孩一个吻。

“这是菲利普，这是爱德华。”她给二位做了介绍，但没有做进一步的解释。爱德华自己推着轮椅进了屋子，菲利普走进了缆车。

坐在从音乐厅去餐厅的出租车里，苏珊娜介绍说：菲利普是一位以自由职业身份工作的学者；她的那对朋友夫妇刚把内衣企业卖掉了；苏珊娜的先生是她的家族银行的高管，他们的两个儿子不久就将接管家族银行的业务，他们还有两个女儿，也长大了，从家里搬出去了。这时，她的先生微笑着提到家里还有第五个孩子，这个孩子还住在家里。他看到菲利普听到这里一脸惊讶，就补充说，这个老五因为一场事故，一直坐轮椅。苏珊娜皱了皱眉头，转头朝车窗外看去。

爱德华也是因为一场事故被终生绑在轮椅上的。菲利普第二次去苏珊娜家的时候，他坐在轮椅上推着轮子进了苏珊娜的房间。她给菲利普做了介绍：这是她唯一的弟弟，比她小一岁，热爱下国际象棋，是才华横溢的小数学家，五岁时从山崖上摔下去，从此瘫痪，他不去学校上学，而是在家接受私教。

“你从来没上过学吗？”

“没上过。不上学能学得快些。你们还得读四年才能高中毕业，我明年就读完高中了。”

“然后呢？”

“然后我上大学。”

爱德华说这话的时候没有任何傲慢。他讲的好像都是些稀松平常的事——十六岁就高中毕业上大学。菲利普也不问，他为什么那么着急，他想读什么专业，怎么摇着轮椅去大学上课，他要读的专业是否也能像上中学一样，在家里请私教就行。他不敢随便张口问。他还从来没有见过坐轮椅的中学生，不知道对这些人而言，哪些事情算是普通正常的。他也不了解，在这样一个富得流油的家庭里，什么算是普通正常的。

这次来，他就留下来吃了晚饭，结识了姐弟俩的父母。父亲刚在房子后面的私家网球场跟教练打完一场球，兴致勃勃而心情舒畅地走到饭桌前。菲利普获知，他拥有一家航空技术研究所，是多项专利的发明者，经常出差，不是在美国就是在欧洲。母亲是位美丽而文静的女性，用一种秘密的方式，指导着一位身系白围裙的年轻女用人给大家上菜和撤盘。同时，母亲微笑着听父亲侃侃而谈，对孩子们点点头，如果有哪个孩子想发言的话，她还会投以鼓励的眼神。她询问菲利普家里的情况，全神贯注地看着他，表情十分和悦。菲利普讲到自己在和平教堂当管风琴师的父亲，在大众学校做老师的母亲，还有一位马上就要高中毕业的哥哥，以及一位快上五年级的小妹妹。

“你的母亲教什么课?”

“她教缝纫课。”

“她也教会你做缝纫了吗?”

菲利普脸红了。他的母亲还真教会了他做缝纫。作为一个男人，他觉得做缝纫有伤他的尊严，可实际上，他又很喜欢做针线活。餐桌边的人都好奇地等着他回答。

“是的。”

父亲大笑起来，苏珊娜鼓起掌来，爱德华摇了摇头。母亲点点头说：“我就无法教会我的女儿缝衣服，”她微微一笑，“你想试试教她吗?”

菲利普的脸还一直红着。他们是在拿他寻开心吗?苏珊娜父亲的大笑是嘲讽的笑吗?苏珊娜鼓掌是出于惊奇吗?爱德华摇头是觉得他匪夷所思吗?他又该怎样唐突地教苏珊娜做缝纫呢?他怎么可能去教她任何东西呢?“我觉得我教不了她。”他看着苏珊娜说，“她要是真想学缝纫，早就会了。”

苏珊娜的母亲认真地说：“这句话你还真是说对了。”不，看来她没有取笑他。其他几位饶有兴趣、语气友好地问他，他是否喜欢缝纫，做得多吗，他都缝制了哪些衣服。他把所有人都惊着了，因为他说，他刚给自己缝制了第一件衬衫。

这时苏珊娜问他，他能否教她缝纫，她也想亲手给自己缝一件女式衣衫。他脸又红了，说：“很乐意。”但他们从来没有顾上过这件事。

晚餐开始得就晚，吃的时间又长，菲利普变得不安了。最后他壮起胆说，他得回家去了，他父母都上班，他哥哥在乐队排练，他的妹妹生病了，一个人在家，他得回去陪妹妹。苏珊娜的父亲叫来了司机，司机把菲利普的自行车装到汽车的后备箱里，给菲利普打开车门。道别的时候，爱德华跟菲利普击了一下掌，苏珊娜对他说“你真贴心！”，给了他脸颊一个吻。直到入睡，菲利普还能感觉到脸颊上的这个吻。

3

从那次起，菲利普就是福尔马斯家的常客了。他喜欢这一家人：父亲慷慨大度，态度和蔼；母亲长得美，总和他聊天，问他又缝制了哪些衣服，在读什么书；爱德华呢，教会了他下国际象棋，不仅把象棋的规则解释给他听，还教他开局和在中场及结局运用的战略战术。有时苏珊娜约他来家里玩，可家里只有爱德华，菲利普不想伤害爱德华，所以也不问苏珊娜到哪里去了，在做什么，就跟爱德华一起消磨时间。他没有胆子问苏珊娜，为什么她邀请他去家里，她自己却不在家。他也不敢对她说，他爱她，更不敢问她，愿不愿意做他的女朋友，他能不能当她的男朋友，她是不是也爱他。至于去亲吻苏珊娜，更不是他敢造次的事了。

在那个年代，他简直是什么都不敢啊！而现在呢，尽管苏珊娜已经皱起了眉头，他还是问道，这第五个孩子多大了，出了什么事故致残，他坐在轮椅上生活，各方面能应付自如吗？有了一个残疾的弟弟后，又有一个残疾的孩子——这让菲利普很是吃惊和忧心。在她丈夫准备回答之前，苏珊娜就把话接了过来，说："你还记得我父母吧？我母亲，一个平和的、快乐的、幸福的人。我本来以为，她会一直到生命终点都保持这么好的状态，可她却在晚年得了抑郁症，变得神志不清了。我父亲特别周到地照顾她，好像他自己完全不重要了，生活中只有母亲才重要。我没有料到他会做得这么感人。他身体一直很硬朗，直到有一天中了风，就像一棵大树被斧子砍倒了。"苏珊娜还聊到她家坐落在史塔贝格湖边的房子，她的父母直到最后都住在那里。他们深爱他们的孙儿，孙儿也深爱他们的外祖父母。还有，父母二人在上了年纪后都迷恋上打高尔夫球。“他们有时还会谈起你。”苏珊娜说。这时，车开到了餐厅。与此同时，载着朋友夫妇的出租车也到了。他们一起步入餐厅，被带到餐桌前，落座。

菲利普坐在苏珊娜身边，有无数的问题想问她。她是否明白，五十年前他为什么走了？爱德华这一辈子过得怎么样？他们有过的梦想和希望实现了多少？她上大学了吗？她从事过哪些职业？她的孩子们都长成了什么样的人？那个残疾的孩子到底怎样了？她从事写作吗？她生活得幸福吗？可是菲利普连一个问题都问不了。苏珊娜在掌控这一组人的谈话，从一年一度的柏林之行聊到一年一度的春季滑雪之旅以及秋季的高尔夫假期，从运动度假聊到萨尔茨堡的音乐节，再聊到奢华的艾玛宫疗养院，从他们享受过的全套疗养项目聊到他们自己和他们的孩子都上过的寄宿学校。菲利普至少从中得知，苏珊娜高中的最后一年是在苏格兰的一所寄宿学校度过的，后来，她把她的孩子们也送到了这所寄宿学校。“你们自己和你们的孩子们都上了瑞士的寄宿学校，我们和他们是不是都被呵护得严严实实？而菲利普，”她把她的手放在他的胳膊上，“他独自一个人跑到美国打天下去了。”

所有的目光都投向了他，他的脸红了。“没有这么戏剧化。我上中学的时候去美国读了一年，之后就留下了。我能继续在我寄宿的美国家庭住，只需要在上学的同时再挣些生活费。除了我，还有其他学生也是边上中学边打工挣钱的。”

“您的父母对此是什么态度啊？”苏珊娜的先生有些吃惊地问道。

“我父亲认为，大人应该对孩子放手，让他们做自己的事。他给我写信说，他当然更希望把我留在家里，留在身边，他希望我不要耽误了长笛和钢琴的研习，还有，他无法给我寄钱。除此之外，他祝我一切顺利。”

“事情其实要比你讲的还更戏剧化一些。因为，你报名的时候，咱们中学跟美国中学的交换生项目已经过了报名期，你就直接自己飞到了美国，给自己找了个寄宿家庭。”苏珊娜说，听起来似乎是她为菲利普感到骄傲。然而，她凭什么为他感到骄傲呢？此外，她为什么把话题转到他身上，还有美国？“不过呢，菲利普的新征途给留在他身后的人造成了痛苦的结局。”苏珊娜说着，把手从菲利普的胳膊上拿了下来，“也许，人在有的时候只能靠出卖自己的忠诚，才能获得自我解放。”

她这话是对全桌人说的，并没有去看菲利普，而全桌人都十分尴尬。她为什么要用忠诚、背叛、痛苦的结局这些词？为什么她要在一个轻松的夜晚聊起这些沉重的话题？菲利普心里很是恼火，他想离席走人了。可是，苏珊娜的行为方式跟他所了解的那个苏珊娜完全不符，这又激起了他的好奇心。她到底想干什么？

她哈哈地笑了。“别摆出这么一副表情呀！早在五十年前，菲利普和我就都喜欢宏大的命题：生活是否有价值，我们是否活在宿命里，爱情又是什么，什么是忠诚，什么又是背叛。这都是些十六岁的人所关心的事儿。我只是想知道，他自己是否还记得这些。”这时，她又看向菲利普。

当年，他并没有跟苏珊娜讨论过这些重大问题，而是跟爱德华谈的。继象棋和数学之后，爱德华又迷上了哲学，被存在主义哲学深深打动，读了加缪和萨特的作品，还把他的热情传递给了菲利普。是苏珊娜的记忆发生了偏差吗？菲利普认为这是不可能的。她是在故意挑衅他吗？如果她想挑衅他，又是出于什么原因呢？

“是啊，我们当年都在折腾些什么啊！”菲利普对着全桌人微笑着说，“今天的十六岁年轻人可要比当年的我们务实多了，连我自己都在美国变得务实起来。至于青春的记忆，我想在座的每个人都不会有多少差别：我们的年纪越大，对童年和青春的回忆就越多。我第一次去你们家的情景，我还记得清清楚楚。”他讲述着自己是怎样站在山墙前面，那扇门怎样被打开，小缆车等着他迈进，把他载到苏珊娜的房子前。

“小缆车？”朋友问道。

“是的，我父亲对小玩意儿特别着迷。除了开到房子前面的小缆车，还有车库里的对讲机，工厂里还建了直升机的停机坪，那个停机坪上可从来没有降落过任何一架直升机。”苏珊娜又让谈话恢复了娱乐性，把话题转移到她父亲搜集的著名宇航工程师的手稿上，再聊到法兰克福科学家协会，她的先生及朋友在该协会担任董事，最后提到，该协会要邀请菲利普去做一次演讲，关于家庭音乐的历史发展。等到大家从餐厅走出来，站在街上等出租车，苏珊娜又坚持要求菲利普答应邀请。“你会来吧？”

她是从一开始就想把他约到法兰克福去的。这个晚上的谈话目的就在于激发他的好奇心，把他引到法兰克福去，而他的确变得十分好奇了。她到底想从他这里得到什么，他非想知道不可。他看着她，可从她的脸上找不到任何他想知道的问题的答案，那里只有一副充满友好表情的面具，仿佛她全部想要的，只是他能够接受邀请，来法兰克福做一场她衷心期待的报告。他向她微微一笑。“你还不知道我这个人吗？”

“好的，你到法兰克福来就住我们家。”

4

当年，菲利普的美国之行是一场逃离。一切都变得不对劲了，他跟苏珊娜的关系变得不对劲，跟爱德华的关系也不对劲了，就连跟父母的关系也变了味。本来，他跟父母是可以开诚布公、无话不谈的，可是他跟父母也没了话。还有他的音乐——长笛和钢琴，这两样是他从小就拥有的快乐，是他的心灵支柱，彼时也变得乏善可陈了。跟苏珊娜和爱德华走近的那一年，他的生活被搞得一团糟。

苏珊娜一直对他保持着友好的态度。有时，当他成功地给了大家一个惊喜，或是把爱德华逗得哈哈大笑，或是帮她修好了自行车，她就会给他一个快速的吻。可是，当她邀请他来家里玩，她自己却越来越经常地不在场。她跟他单独相处已变得十分罕见了。如果是他们两人独处，她就又回到了他第一次来访的状态。她跟他聊天，仿佛他们俩很亲近，她会握住他的手，把他拉到自己身边，给他一个吻，仿佛他是她的，而她也属于他。他感到自己被爱着。但是他内心的期许——从此刻起一切将会改变——却每次都落空了。等到下一次见面，她又变得很友好，残酷地友好着，他的感觉糟糕透了。

菲利普跟苏珊娜和其他同学在一起的时候，倒不是痛苦得不行。在班级活动中，苏珊娜总是把他拉到自己身边，跟他说话的时候尤其聚精会神，让所有人都看得清清楚楚，她青睐着他。有些日子，他在苏珊娜家里，跟苏珊娜、爱德华和其他女孩聚到一起，聊天、玩闹和说笑，成了一群无忧无虑的欢快少年。当苏珊娜、爱德华和他一起出游的时候，无论是去森林还是河边，去博物馆还是歌剧院，由司机接来送去，他们都很是享受，将其视为一种展示——苏珊娜推着轮椅上的弟弟，菲利普推着轮椅上的好朋友，比其他人更加活力四射。

即使当菲利普和爱德华单独出门玩的时候，两人也喜欢高声交谈，淘气十足，而且动作迅速。在那个年代，残疾人大多是从公众视野中躲藏起来的，菲利普不想把他的残疾朋友藏起来，这导致爱德华自己也不想躲起来。无论是出于残疾还是出于他超凡脱俗的才华，他反正是远离大众，一个人成长起来的，只有私人教师和私人教练陪伴在身边，从来没有过同龄的玩伴。菲利普是他的第一个朋友，跟菲利普的友谊对爱德华而言是一场解放。是的，他是身体残疾了。然而，菲利普乐意带领他一同去探索世界，这让爱德华领悟到，他不再需要从世界上隐退出去，而是可以主动出击，去拥抱这个世界了。世界属于别人，同样也属于他。他有权利像他人展示自我一样地展示自己，像他人一样地去经历这个世界，像他们一样，大声喧哗，调皮捣蛋，动作迅捷。是菲利普解放了他。

对菲利普而言，他在从多特蒙德搬家到海德堡的时候，不得不把自己的朋友留在身后，现在有了爱德华，也就有了第一个在海德堡的朋友。菲利普有些眩晕——爱德华对友情的投入是那样强烈，他对菲利普赞赏不已，充满依恋；苏珊娜开辟的圈子，让这段友谊得以不断扩展；整个家庭都对他慷慨有加，把他融入进来；还有豪门富裕的氛围，有司机接送的飞驰感……他喜欢爱德华。可是，他跟爱德华接触时总是心怀愧疚，因为他是一个健康人。同时，他又觉得自己是个负债者，因为他家境贫寒，他对爱德华表现出来的好感，实际上大于他对他真正抱有的好感。他忍受着爱德华的情绪大起大落，从若无其事转变为备受挫折。当爱德华对本不存在的侮辱做出受伤的反应时，他耐心而小心翼翼地陪护着他。如果一切都无济于事，他就道歉了事，尽管他什么也没有做错。

有一天晚上，苏珊娜和爱德华的母亲把菲利普叫到一边，带他走到花园尽头的长椅那里。

“来，挨着我坐下吧。”他俩的目光越过房子，投向下面的城市和平原。“我们家里有你可真是好极了。”

“我……”菲利普想说点什么，可又不知道该说什么。

“我们家不是一个简单的家庭。我们彼此相处得并不是那么融洽。你不能要求自己一定要对苏珊娜和爱德华做到仁至义尽。你不欠他们什么。你要对得起你自己的本心。”她把手臂搭在他的肩头，“爱德华出了事故以后，我总是自责得不行，为他做一切我能做的事，对他纵容至极。直到有一天我发现，我不仅对自己太过分了，而且同时也把爱德华死死困在他的不幸之中了。”

菲利普听懂了她想跟他说什么，也了解她对他是一片好意。他也感觉到，在与爱德华的友情中，他的付出超出了应有的界限。然而，他们的友谊也因此变成了今天的样子，他又能怎样去改变这份友情呢？还有苏珊娜，他又怎能要求自己停止对她需求的满足，停止对她的爱恋呢？他说："我不知道自己能不能做到。"

"嗯，是啊，我以前也做不到我本来应该做的那个程度。"

他们两人就那么坐着，直到太阳落了下去，不是下了山，而是落到了云层后面。天气变得凉了起来。两人都沉默不语。菲利普想问她，她在醒悟后做了什么，完成目标了吗？可他就停在原地不动，任由这位女士的手臂搭在他的肩头，闻着花香，好像是薰衣草或是丁香的香气。他不知所措。

5

一年就这么过去了。爱德华在准备高中毕业的考试，他顺利通过了高考，然而上大学成了一个问题。他本来是可以读数学专业的。数学曾经是他逃避世界的方法，然而，自从跟菲利普交了朋友，爱德华就不愿意再避世了。他不愿意接受父母的资助，让海德堡大学的教授及其助教来家里给他单独上课。他想当一个正常的大学生，而且学一些入世的学科。他最想读的是哲学和历史专业，跟着菲利普到另一所大学去读书，两人可以同住一间宿舍。菲利普还不到上大学的时候，这一点他是理解的。但他可以跟菲利普搬到另一个城市去，在那里完成高考。至于费用，他的父母是可以承担的。

爱德华想把这个想法作为他和菲利普共同的计划告诉他的父母，他逼着菲利普同意他的这个设想。没有菲利普，一切都无法实现。没有菲利普，他无法跟过去告别，无法在新的道路上启程，只能还做那个残疾人，由父母喂养着，喂养着上完中小学，再接着喂养到大学。难道他们不是朋友吗？他们不是在一起做了很多别提有多棒的事情吗？将来他们不是也可以共度精彩岁月吗？菲利普，你怎么这么胆小如鼠，这么懦弱不堪呢？你怎么突然就变成了一个小里小气的朋友？

爱德华坐在菲利普的对面，对他施以劝说。他把轮椅推到离菲利普不能更近的地方，两人的膝盖都碰到了一起。他身子前倾，说话时还用手势进行强调。他抓住菲利普，抓他的胳膊，抓他的腿，用手指戳着他，还点点他的胸口。菲利普恨不得跳起来，转身就跑，他克制着不把爱德华的轮椅推开，因为如果他这么做，爱德华是不会原谅他的。菲利普只好就这么坐在那里，用眼睛望着爱德华，他有着跟苏珊娜一模一样的绿眼睛。菲利普望着爱德华脸颊上泛起的红斑，苏珊娜情绪激动时脸上也会泛起同样的红斑。他望着这美丽的薄唇，这是苏珊娜和爱德华共有的，不停地开开合合，浸润着唾液，锤炼着辞藻，那些他已经不想再听的辞藻。他非常惊诧，在爱德华那张带些鄙疑、仇恨和委屈的脸上，苏珊娜的脸浮现了出来。他不知道爱德华是个什么人——是一个争取他友谊的朋友，还是一个被宠坏的孩子。是因为他对他封锁在家中的生活感到绝望而要求苛刻，还是说他的绝望来自任性，他不习惯自己的要求不被满足，他对此极度失望。或许，他的鄙视和恨意也生发于这种绝望，或者生发于一种傲慢——像他，才华横溢的、富有的爱德华面对才华不那么横溢的、贫穷的菲利普，理所当然会期待的那种顺从。他不想再在爱德华的这张脸上看见苏珊娜的脸。

这时，爱德华说："或者，你不愿意跟我一起去别的地方，是因为我姐姐住在这里，你爱上她了是不是？我姐姐根本就不想要你，你还是赶快把这件事想明白吧。你应该高兴自己能离开此地，不再看见她。”

“你从哪里知道这一切的？”

爱德华翻了个白眼，说：“她是我姐姐啊，我知道她脑子里是怎么想的。就算我不知道她是怎么想的，我也长着眼睛，看得见啊。她让一个大学生开车接她，人家开的可不是一辆老甲壳虫，而是一辆老保时捷。”

菲利普有一个星期都没有跟苏珊娜说话。这回又是只有他们二人一起坐在阳台上。“你怎么没有告诉我，你在跟那个大学生约会？”

“我干什么以及我见谁，凭什么要向你汇报？”

“他是你的什么人？”

“这跟你有什么相干？”她听起来很生气，“好吧，告诉你，他是我父亲研究所里的志愿者，我在研究所里认识的他。他是一个军队里的大学生，有些活动场合需要女士陪同，他就带上我去。我喜欢晚会，喜欢跳舞，这就是我跟他交往的全部。”

“我算你什么人呢？”

“哎呀，菲利普，”她友好地看着他，也充满忧虑，“我们是朋友，不是吗？而且，你首先是爱德华的朋友。我多么高兴，你们彼此找到了对方。你对他的影响可积极了，他对你的影响也是好的。我知道，有时候，我跟你的友谊对你是不够的。可是，我们之间不可能有更多了。我们俩太不一样了——我们的性格，我们的愿望和期许，还有我们身处的世界。”

“你从什么时候起知道这些的？”

“难道咱们两人不是从一开始就都知道这些吗？”

菲利普明白，他无法说服苏珊娜爱他。她讲出来的话，对他是一个打击。他恨不得把身体蜷缩起来，拿腿顶住胸膛，用胳膊抱住双腿，埋着头不见任何人。同时，苏珊娜的一番话也让他感受到了莫大的侮辱。“不，我不知道这些。你的所作所为，也没有表明你是知道的。”

“如果我让你失望，那真是对不起了。我看见你来到我们班，来到我的生活里，我多高兴啊。你是一个十分特别的男孩儿，一个十分特别的、好极了的朋友。我们都喜欢你——我父亲，我母亲，还有爱德华。他就像白雪公主终于从梦中醒来一样。”

“你对我的好，对我的温情，你做的所有的一切，只是为了让我把爱德华唤醒吗？”他问道。然而，这不是一个提问，而是一个断言。过去的整整一年都是对这个断言的解释。他让自己被人利用了。他对一切都充满了恨意，对苏珊娜、爱德华，但尤其是对他自己。他还陷入了爱恋，错判了形势，把自己搞得可笑无比。

“不是这样的，菲利普，不是的，我只是……”

“你是跟爱德华一起合谋的吗？不，你没有这么做。不过，你知道爱德华现在正在做着什么计划。如果我跟他一起走，我就跟他死死绑定在一起了。如此一来，爱德华得到了我，而你正好甩掉了我。对你来说这是不是太理想了？你是不是应该对我格外地好，好让我能陪着爱德华继续玩下去？”

苏珊娜的泪水从脸上哗哗地流下来。菲利普想去安慰她，跟她道歉，可是，他一想起苏珊娜另外的那些面孔，友好却漫不经心的、无情又残忍的面孔，一想起爱德华的怪相，在那副怪相里他看见了苏珊娜的脸，他就对泪流满面的苏珊娜变得无动于衷了。

“菲利普，”她伸出手握住他的手，“我不是这样的人，你把我想成什么人了？”

他摇了摇头，站起身，走了。

6

这还不是故事的结局。菲利普每天都在学校里看见苏珊娜，跟她保持着距离，但并不想把事情搞得尽人皆知，不想被人打听，也不想做任何解释，所以，她来找他说话的时候，他并不回避。他不知道，该对爱德华说些什么，因为他觉得，他不可能对爱德华一言不发就转身而去，所以，他还是跟他见面，还让爱德华继续拿他的人生计划压迫他。时不时的，他有种自己要爆炸的感觉，或者是内爆，好似他被撕裂成一块块的，好似他在自己的内部轰然坍塌。可是，他又经常不忍放弃他的梦想，还在描绘种种图景，他和苏珊娜会发展成一种怎样的关系，他们俩差点成了一对儿。然而，当他看见苏珊娜身边的一切，嫉妒之心就变得不可遏制，他甚至嫉妒苏珊娜一位女友的狗，因为苏珊娜把这只小狗抱在怀里。

然后，他获悉学生有机会去美国读一年书。从跟爱德华的人生计划讨论中脱身，向家庭告别，迈入另一种生活，这是菲利普憧憬的人生。他毫不犹豫，只是可以去美国读书的消息他获悉得太迟了，报名截止日期已经过了。

但到了这个时候，菲利普已然明白自己要的是什么。他要离开苏珊娜，离开爱德华，离开这个没有给他带来幸福的城市，他要去美国。他伪造了一封信，凭着这封信，他假装父亲为他在美国的一所寄宿学校报了名，拿着寄宿学校的邀请函，他去申请了美国签证，正好凑足了钱，买得起一张飞往纽约的机票。

菲利普既没有跟苏珊娜，也没有跟爱德华提起他的出行，他甚至没有跟父母告别，只是给他们留下一封信。当他最后一次跟爱德华见面，接受邀请留在他家用晚餐的时候，他请求跟爱德华的母亲谈一次话。他们二人又走到花园尽头的那个长椅边上。他对她说，在他和爱德华及苏珊娜之间发生了一些很难处理的事情，他要离开。他本应该正式告别的，他知道他应该进行告别，可是他做不到。而且他还抱怨了一番。

“苏珊娜为什么要这么做？她完全是在演戏，利用了我一把，好让爱德华得到一个朋友，可是，我的印象是，她也并不怎么爱爱德华。”

“唉，菲利普。难道你没有利用爱德华，只为了能接近苏珊娜吗？难道你没有整整一年的时间可以问苏珊娜，她到底是怎么看待你们的关系的？难道你没有在演戏，就像她在演戏一样，因为你对真相充满了恐惧？”

菲利普知道，她说的都是对的。他宁愿不知道这一点。

“那现在呢？你会让爱德华心碎，就像苏珊娜让你心碎一样。而这对你是无所谓的。我不为你难过。我为爱德华难过。”她把手放在他的肩头，摁了摁，“你从美国给他写封信吧，把这一切解释清楚。你能答应我吗？”

菲利普点点头。

“苏珊娜和爱德华，当时他们两个人在一块儿。那年夏天，我们在布列塔尼租了一栋房子。有一天早上，我丈夫和我还在睡觉，孩子们已经起床了，他们跑到山崖上，爱德华从山上掉了下去。我们不知道事情是怎么发生的。苏珊娜无法谈论这件事，而爱德华患了失忆症。对你而言，你得到些心痛的感觉，对爱德华而言，他过了美好的一年，我敢肯定，苏珊娜一定觉得自己做了件好事。她也的确做了件好事，但愿爱德华能把这一年的美好保留在心里。”

当菲利普从音乐厅和餐厅往家走的时候，他回忆起了这场谈话，他差点被羞耻感弄得晕厥过去。他答应写的那封信，并没有写。他想都没想过，爱德华会不会对他们共同的一年留下些美好回忆，爱德华是怎么面对这件事情的，他变成了一个什么样的人。菲利普到达纽约后，运气很好。在那个帮助学生进行国际交流的中介机构里，他遇到了一位工作人员，这位女士被菲利普义无反顾的决心感动，她不仅帮助他处理好了寄宿学校造假和签证的问题，还把他接到自己的家里住。他感到住在纽约的郊外很惬意。这家人有两个女儿，分别与他哥哥和妹妹的年龄相同。他从一开始就觉得跟他们相处融洽，很快就把苏珊娜和爱德华抛在了脑后，一头扎进了美国高中的生活，也很高兴能打工挣钱，享受着他这个年龄的少男少女的轻盈感——他们要好起来也轻盈，分起手来也轻盈。对纽约那所驰名世界的茱莉亚音乐学院来说，他的长笛和小提琴的水平都不够格，于是他攻读音乐理论和音乐史。他的博士论文是关于乐器和精湛演技之间的关系。他成为新英格兰一所学院的教授。他娶了一位女同事为妻，跟她离婚后，他从学院辞了职，回到德国，以自由职业者身份当起了音乐研究学者。他时常回想起他在美国的生活，但是并没有想过他在德国的早年经历。直到这次在音乐会上的重逢前，他把对苏珊娜和爱德华的记忆都一笔勾销了。重逢之后，对往昔的回忆缠绕着他，这些记忆变成了关于苏珊娜跟他玩的游戏的记忆，跟爱德华的被败坏的友谊的记忆。当法兰克福科学协会的邀请函寄到时，他几乎想对此不予理睬，但又强迫自己要接受——不理不睬是行不通的。

7

做报告的时间定在三个月后，但立刻就要排上节目预告单，于是菲利普着手找报告的主题及标题。他不想以他的书为报告内容，苏珊娜都读过这本书了。他想用这场报告给苏珊娜一个惊喜，报告既是关于家庭音乐的，也是关于苏珊娜、爱德华和他自己的。他给组织方回信说，他讲的主题是关于兄弟姐妹及朋友之间的家庭音乐。协会给他寄来一张海报的设计草稿，上面是门德尔松兄妹二人四手联弹的画面。他的报告标题被定为《兄弟姐妹的音乐》。他试图去理解组织方——他们是想争取尽可能广泛的听众，因此把标题起得简短恰当。

他在他写书过程中使用过的资料里进行检索，但就是找不到他需要的内容，他要找的是一对姐弟，加上一位友人，他们通过共同练习音乐而互相找到了对方。他是否要臆想出这样一个事例呢？他已经知道，他应该怎样给这三个人物做出人生设定，他们各自有什么样的音乐爱好和倾向，他们的音乐才能又各是怎样的，他们的家庭和社会环境应该是一副什么样子，甚至服装鞋帽他都能给他们设计好。问题是，他从来没有创作过任何故事。

除了他的音乐科研工作，他还给报刊撰写专题稿件，写音乐会和歌剧的乐评文章，还写关于音乐、作曲家、演奏家和乐器等专业书籍的书评，同时，他参与音乐会和歌剧的策划工作。他从美国的学院辞职的时候，提取了多年来攒下的退休金，用这笔钱给自己买了一个小公寓。他生活节俭。因为他在柏林音乐界有重要的人脉，他去看歌剧和音乐会都是不花钱的。在柏林的萨沃伊酒店，他会在晚间替临时缺席的钢琴家救场，所以他被允许在酒店免费用早餐。不过，他的经济状况是需要靠接活儿来维系的，他尽可能多地接活儿。所以，他有时候也写些小说的书评，如果小说的内容正好跟音乐相关。

这样一来，他鼓起了勇气，假想出一个在一八一五年至一八四八年间的比德迈时代的故事。故事讲的是来自卡尔斯鲁厄市的伦茨姐弟二人，姐姐弹钢琴，弟弟拉大提琴，是一对相得益彰的音乐演奏组合。一次，有个吹长笛的年轻人加入了进来，他爱上了姐姐，同时成了弟弟的好朋友，他们结成了三人组合。直到有一天，姐姐不再爱这个年轻人，他于是中断了跟弟弟的友情，转身离去。姐弟二人被留下来，仍是双人音乐组合，在他们生活的卡尔斯鲁厄名声显赫，常被邀请演出。他可以假装是从卡尔斯鲁厄音乐生活的文献中，用姐弟二人的素描、友人间的通信和同时代人的记录重构了这个故事。

可是，还没等他把故事写完，他就发现，他原来也想通过这个故事把自己表达出来。他想美化这个故事，可事实一点都不美好。他想把自己打扮成受苦受难的可怜虫，用成功光鲜的结尾把爱德华的损失做一个轻描淡写的处理。他要勇于面对苏珊娜对他的索取，不可提前就把事实打扮成无害的样子。他必须忍受事实就是如此。不过，他不会让她从高高在上的角度来对待自己，不会让这个曾经玩弄过他的人，再次高高在上地对待自己。他也不愿意住在她的家里。协会坐落在法兰克福的棕榈花园中，他的演讲将在那里举行。菲利普在那附近订了一家小旅馆。

他遵循海报的设计以及海报上印出的标题，认真准备了关于门德尔松姐弟俩——芳妮和菲利克斯——的报告。他们是音乐的联盟，他们一起参加星期日音乐会。他重点讲他们二人的音乐环境与世界。这个题目对他而言一点难度都没有，他已经在他的书里写过了。

8

在报告大厅对观众开放前一会儿，菲利普到现场试了话筒，然后，他就在旁边的一个休息室里跟苏珊娜的朋友一起等着活动开始。这位朋友就是他在柏林那晚结识的，活动开始时他将向来宾介绍菲利普。菲利普听这位朋友说，他的内衣企业已经卖掉了，他和夫人给大学赞助了一个艺术与设计的教授席位，这天晚上本来是该苏珊娜的先生向观众介绍菲利普的，可是，他必须跟儿子到日内瓦去出差。而这位朋友不像苏珊娜的先生，对音乐所知甚少，所以，他只能十分简短地对菲利普做个介绍。

在菲利普被介绍给观众的时候，他并不想在第一排就座，而是靠墙站着，观察报告厅，看都有谁坐在那里，他是否认识某个人，观众中是年轻人居多还是上了岁数的人居多，观众脸上的表情是感兴趣还是百无聊赖。苏珊娜坐在第一排的中间位置。在第一排的边上，有一位老人坐在轮椅上，身子前倾，头埋下去，好像在打瞌睡。在第二排，菲利普发现了《法兰克福汇报》的乐评人，在每年的法兰克福书展上，他都会跟此人碰面。报告厅坐得并不是特别满，可是，菲利普很高兴看到不少年轻的面孔。女性来得比男性多，芳妮·门德尔松已经成了女权运动的偶像。

对他的介绍结束后，菲利普走上讲台，他经过坐轮椅的男人，听到一声“王八蛋”。他顿了一下，朝那个男人转过身子，那人哆哆嗦嗦地把脸抬起来，冲着他又咒骂了一句，声音虽轻，但说得清清楚楚，毫不含糊：“王八蛋”。就连坐在这个男人边上的几位观众也听到了，菲利普看见他们的脸色都很窘，他们没有对他做出任何反应，也没有对轮椅上的男人表示出愤怒，他们只是对发生了这种情况感到反感。然后，这个男人又泄了气似的瘫成一团。菲利普继续走向讲台，站在了麦克风前。这个骂人的声音破坏了他的情绪，他一时说不出话来，一言不发地站在那里。他想从观众席中找到一张格外友好的脸，好让自己专注于这张脸。有时候他会从台下的观众里找到这样一张脸，但这次没有。苏珊娜的脸上也没有友好的、鼓励的表情，正相反，她的脸绷得很紧，充满了控制感。“王八蛋”，这个词还响在他的耳边。那个坐在轮椅上的人是爱德华吗？菲利普没有认出他来，但这个人的脸和声音却像一丝微弱的回音。

他走到三角钢琴边坐下，演奏了一支芳妮·门德尔松为钢琴而作的歌曲。他用这个方法拯救了自己。他本来准备了几支曲子，在演讲中穿插演奏。结果，他用其中的一支曲子做了演讲的开端。这之后，他对开场的介绍表达谢意，向现场观众致意，发表了演讲，还完成了和观众的对谈互动。他避免去看那个坐在轮椅上的人。

在之后的招待酒会上他也与那个人保持着距离。那人到底是不是爱德华，他真想搞个水落石出，可他不愿不惜一切代价去挨顿骂。苏珊娜说在家里准备了晚宴，只请了少数几个朋友。她带上他，往她的汽车走。菲利普很庆幸，轮椅上的人不在场，不禁松了口气。

坐在车里，他问："那个人不是爱德华吧？"

她向他投去轻蔑的一瞥。"你真的认不出他了吗？"

菲利普摇了摇头，朝街上看去。"我从他身边走过去的时候，他冲着我说王八蛋。"

"他对谁都这么说，只要有人让他觉得糊涂。我经常搞不明白，是什么事情导致他犯糊涂。他认出你了吗？"

"我不知道，苏珊娜。他骂头一次的时候，我只听到他的声音。等他骂第二次的时候，他是抬起头来冲着我骂的。我没看见，他是否也在看着我的脸。"他们上了高速公路，苏珊娜把车开得飞快，在左边的超车道上疾驰，撵着前面开得慢的车，要不就从右道把他们给超了——如果他们不避让的话。她把车开得很稳，然而，菲利普还是不想让她分心。

"这段路我闭着眼睛都能开，咱们可以接着聊。"

"你知道我想问什么——他怎么了，出了什么事？"

"老年痴呆症。六年前开始出现些小症状，小断片儿，越来越糟糕，有时候似乎会稳定下来，直到新一轮病情发作又把他的注意力、记忆力和自制力破坏得更厉害。他以前就总带着恨意，瞧不上别人，蔑视他人。而且，他以前说话就出言不逊，脏话连篇。现在，他吐出来的都是王八蛋、放屁、大粪这些词，对任何人都不友好，对我们也不好。”

“他和你们住在一起吗？”

“他有护理人员。但是，他对人家的那个态度，让护工也不愿意留下来。我只好给护工塞钱，还要讲尽好话，请人家坚持做下去。如果实在行不通，只能再找新的护工。这一切都不容易，可他要是一个人住在别的地方，估计事情会变得更难搞。而且，他对我们家很熟悉。”

看来，这就是她先生讲的所谓的第五个孩子了。“爱德华这些年来都一直和你们住在一起吗？”

“我丈夫知道，他要是想得到我，就得接受家里有爱德华的一席之地这个条件。为了他，我们在我们的房子一侧加盖出一块，这样，爱德华就可以随心所欲，独自起居。他还有一套小公寓供照顾他的人住，以前是帮他管理家务的用人住在那里，现在住的是护理人员。他什么都不缺。他真的什么都不缺。”

菲利普觉得，苏珊娜做到仁至义尽了，而同时，姐弟在一个屋檐下紧挨着同居，在菲利普眼里无异于一场折磨，弄得两人都喘不过气来。“晚餐时他也在吗？”

“他一直都在的。我觉得，我们之间还剩下的东西，靠这样相处着还能得到维系。如果他打扰了别人，护工就会把他带走。不过，他常常就只是坐在那儿，好像很享受和大家待在一起。”她笑了，“你是不是怕他啊？”

菲利普防御似的抬了抬手，然后又把手放下了。是啊，他是害怕爱德华——他那哆哆嗦嗦抬起来的头，他骂出来的王八蛋，还有，他去看爱德华的眼睛时，在那双眼睛里找到的东西也让他发怵。他望着苏珊娜，苏珊娜已经把车从高速上开了下来，上了州级公路。她现在开得还是很快，比菲利普想要的速度快得多。苏珊娜的表情坚定，两只手都握着方向盘，当她大胆地超车的时候，当迎面开来的车没有变灯，或没有开灯的时候，她呼气的声音就变得很响。他应该跟苏珊娜说出他的想法吗？他吞吞吐吐地说：“怕不怕呢……也许我还真是有点怕他。”

“怎么能不怕呢。”

9

幸运的是，他没有挨着爱德华坐，而是坐在苏珊娜和那位开场介绍他的朋友中间。朋友的太太说很抱憾，因为打桥牌错过了他的演讲。其他的客人是三对邻里夫妇，都出席了他的演讲，提出些相关的问题，做出恰如其分的赞扬。等大家都落座后，爱德华被推到餐桌边，从菲利普椅子后面经过。菲利普等着他骂出王八蛋，可是什么都没有发生。

席间，他们从芳妮·门德尔松的人生聊到十九世纪和二十世纪的妇女地位。餐桌边所有的女性，尽管都很富有，无须工作，但她们生活的大部分时间都在工作——有一位是房地产中介，另一位开了理疗诊所，管着手下好几位员工，还有一位是专门在赛马场上工作的兽医。她们人人都很自信，能贯彻自己的主张，事业成功，她们都不能理解芳妮的自我谦逊和退让精神。她为什么不坚持把自己的谱曲拿出去发表呢？她为什么不在大庭广众之下作为钢琴家登台演奏呢？而且，她不是有一个支持她的丈夫吗？

只有苏珊娜理解芳妮。其他人都不懂芳妮跟她弟弟菲利克斯的深刻感情——她爱她的弟弟，不愿意跟弟弟产生任何竞争，因为在竞争中总会分出高下。假如她高出他一头怎么办呢？哪怕只有一首曲子谱得比弟弟好，只有一支奏鸣曲强过弟弟的水平，或只有一曲三重奏，假如弟弟发觉了，像他那么个聪颖真诚的人，简直就会被摧毁。“如果这样的话，她还怎么活得下去呢？”

“女人不能比男人更有成就，就因为男人无法忍受这一点吗？”

“我不是这个意思。”苏珊娜跟对方交上了锋。然而，她似乎对继续争论下去失去了兴致，甚至好像没有了力气。她茫然失措地看着一桌子的人。“我只是知道，芳妮不愿意摧毁她的弟弟。”

菲利普看向爱德华。整个晚上，他都安安静静地坐在轮椅上，用一只勺子吃着苏珊娜给他切成小块的食物。大多数时候，他都埋着头，偶尔抬起头来，扫视一遍众人，头还是哆哆嗦嗦的。菲利普产生一种感觉，当爱德华的目光落到他身上的时候，爱德华似乎渐渐明白过来他究竟是谁。等大家吃完饭，从餐桌边移步到那一圈沙发去，爱德华先是坐着不动，然后，他紧接着就推着轮椅赶上来，跟菲利普离得那么近，两人的膝盖都碰到了一起。爱德华用手指指着菲利普，点着他的胸口，骂道：“王八蛋。”他把手握成拳头，锤着菲利普的胸口、肚子、胳膊，虽然不是那么有劲，不至于把菲利普打疼，可也算是使出他的全部力气了。这场景看上去令人绝望，爱德华每打一下，就骂出一句王八蛋，这骂声变得越来越含着哭腔和委屈。菲利普的眼中迸出泪水来，他抓住爱德华的手，结结巴巴地说：“对不起，爱德华，对不起啊。”但是，他这么做也安抚不了爱德华。直到护理人员走过来，把爱德华推了出去，他还在那儿打人，只是现在拳头挥在空气中，口里还喋喋不休地骂着王八蛋，骂到大家听不见他的声音为止。

一屋子人沉默不语，都看着苏珊娜，可苏珊娜没有任何表示，不对刚才发生的事情做出解释，哪怕做些遮掩也好，相反，她也保持着沉默。“该回家了。”那位卖掉了内衣企业的朋友站起身来说，“我们度过了一个悠长美好的夜晚。谢谢你，苏珊娜，给我们做了这么多好吃的。也谢谢您，”他冲菲利普点点头，“您给我们做了一场非常有启发性的报告。”其他人这时也站起身来，互相道别。在菲利普看来，众人的告别做得有些匆忙草率，不过他明白，他自己在告别的时候总是太啰唆，动作太慢。朋友觉得很抱歉，没人能开车送菲利普回法兰克福，因为大家都住在法兰克福之外的富人居住区巴特洪堡。他建议菲利普打车回法兰克福，叫出租车的账单及其他账单都寄给科学协会就行了。出门前，大家又聊起在法兰克福和柏林之间坐飞机和坐火车各有什么长短处。之后，就只剩下苏珊娜和他两个人了。

10

“再待一会儿，”苏珊娜说，“跟我一起去露台上坐坐吧。”

这是夏末时节，星空之下，夜晚凉透了，苏珊娜抱来两床羊毛毯。他们坐在一张有棱有角的白色纯木制长椅上，这种椅子菲利普在宫殿的露台或花园里见过。他们把酒杯斟满，带到露台上，放在脚边的地上。

“你哭了。”

“我马上又会哭。”

“你不欠他什么。当年你的确伤他很深，但半年过后，他就不再想这事儿了。他不善于处理友情和爱情。有过几个年轻的女孩子，不仅仅是看上了我们的家产，也是真心对他感兴趣，可他谁都不理。他跟妓女交往，有那么几位我还认识了，也喜欢她们，如果他跟她们其中某个的关系变得亲密认真起来，我是不会反对的。可是他不要任何亲密关系，而且，他在他的同事里也一个朋友都没交到。”

“他都做什么了？”

“他当年从家里搬了出去，在大学读了航空技术专业，然后就回家，加入了父亲的研究所。他本来想继续领导这个研究所，可父亲把研究所卖掉了。他觉得，爱德华不善和人打交道，无论是处理和一般人的关系，还是跟员工、客户或国家机关工作人员交往，都不行。”

“你父亲把研究所卖掉的时候，爱德华多大？”

“四十六岁。他其实是可以继续留在研究所工作的，可他不愿意。父亲对他十分放任，他在研究所里想怎么干就怎么干，他也不愿意有任何人凌驾于他之上。他也有一项个人专利，并不全是靠我们来养活的。他没有继续工作，这十分可惜。”

“你工作过吗？”

“也是在父亲的研究所上班。我在大学读的是企业管理专业，在研究所里我主管经营。在经营上，父亲管得就够乱七八糟的了，爱德华弄得更是雪上加霜。他们都是科学家。”

看来，姐弟俩不仅在同一个屋檐下生活，还在同一个屋檐下共事。苏珊娜每天早上捎上弟弟去上班，晚上再把他带回家吗？她也帮助这位科学家处理收入、开支、报税，免得他自己费心吗？那些妓女也是她为他挑选的，因此她才会跟其中几位走得比较近，还喜欢她们吗？第五个孩子，她丈夫的这个叫法不光是开开玩笑，而是认真的？

苏珊娜拿起他的手。“我知道你在想什么。你觉得爱德华和我离得太近了。但是，如果不这么近，我就没有办法呵护他。”

“你为什么一定要呵护他呢？我认识不少残疾人，他们都是独立生活的。”

“我也认识这样的人。可是，爱德华跟别人不一样。”

他没有问，爱德华怎么跟别人不一样了。无论她怎么回答，都说服不了他，她为什么非得呵护爱德华不可；而他说的任何理由，也不会说服她，让她相信没有她的呵护爱德华也能过得很好。而且，发生过的事情，反正也已经发生了。但是，有一件事他还是想知道。“你呵护他这么多年，是心甘情愿的吗？”

“别生我的气，菲利普，可你这个问题是个蠢问题。你心甘情愿做你父母的孩子、你兄妹的兄弟吗？你的才华在音乐上，不在其他方面，你心甘情愿把你的生活献给音乐吗？你心甘情愿在美国和德国生活，而不是在乌兹别克斯坦或科摩罗吗？”

“假如你唯一的才华就是呵护爱德华的话……”然而，他并不想固执下去。苏珊娜的手很凉，他拿起她的手，握在自己的手里搓暖。她把另一只手也给他，他就把这只手搓暖，把她的两只手都握在自己手里。她把身子朝他挪了挪，把头枕在他的肩上。

“留下来过夜吧。”她抬头看向清澈的夜空，“明天会是一个好天气，咱们在露台上用早餐，然后我开车把你送回城里。”

11

她给他看他要过夜的房间，在露台上面的楼层。她给他带来一套她丈夫的睡衣，用一个飞快的吻跟他道了晚安，这让菲利普想起多年前那些快速的吻。他躺在床上，目光能看到窗外的平原、村子里的灯光、加油站和一些货仓，在那里货物被组装仓储起来，还有少量的汽车，过了午夜还在街上跑。菲利普躺着、看着，想让自己醒着、沉思着。可他睡着了，一不留神就睡着了，以至于他稍后醒来时，觉得自己好像并没有睡着过。

苏珊娜走进了他的房间，钻进他的被子里，躺在他的身边。他向她摸索着，而她抓住他的手，握住，向他示意，她要保持距离。

“那不是一次事故。我把他推下了悬崖。我们在山崖边上玩，我把他推了下去。”

菲利普等着，可她没有继续往下说。他问：“为什么？”

“爱德华想玩的游戏，我不想玩，他跟我生气了，骂我打我，最后还把我心爱的娃娃从山崖上扔了下去。我就把他推了下去。”

“你其实并不想……”

“我想他死掉算了。”

菲利普想起来，他小的时候，跟父母发怒，或跟高出他不少的大哥或哭哭啼啼的小妹吵起架来，都恨不得他们死掉算了。试想假如每次这样的想法产生时，都加上了一推会怎样？

“他不知道是我干的。这世上没人知道。我父母除了认为这是场事故以外，想象不出别的可能性。爱德华遭受了脑震荡，由此引发了逆行性遗忘。可有的人得了这个病，过了好些年后还能恢复记忆。要是爱德华有一天突然抬起头，用清醒明澈的眼睛看着我，对我说‘是你干的’，我可该怎么办？”

“爱德华得了阿尔茨海默病。”

“你怎么知道记忆会不会通过疾病又回来呢？”

菲利普战栗起来。一天又一天抱着这个恐惧生活，抱着它睡觉，又抱着它醒来，跟弟弟近到窒息的程度，这个折磨又延伸为对真相的恐惧——苏珊娜是怎么把这一切忍受下来的？“你从来没有考虑过，把一切都跟他说清楚，把事情抛到你的脑后去?”

“那之后呢?我还是不能减少对他的呵护啊。我肯定还要更加呵护他,而他呢,会恨死我。而且,他肯定会到处去说,逢人就讲。”

“你的整个人生都……”菲利普的嗓子哽咽起来,说不下去了。

“因为我差点要了他的命,我的命也只能围绕着他转了。没有比我先生更好的人了。他会关心人,总是为他人着想,慷慨大方,对孩子的照顾要比我认识的绝大多数父亲都多,而我只是因为他愿意把爱德华当作我们的第五个孩子,才嫁给他的。”

“你爱他吗?”

“尽我所能。我错过了青春时期的爱情。一个人没有在青春时学会恋爱,就再也学不会了。你本应该是我青春时期的爱。”

“为什么……”

“你为什么没有成为我青春时期的爱?难道让我跟你幸福地在一起,把爱德华一个人抛在一边吗?不行,我原来想献给你的,就是我欠他一辈子的。”她轻轻地笑了,“有时候我梦想着,把我们错过的青春之爱给补救回来。”她摁了摁他的手，但仍然保持距离地握着。“也许我正是因此才把你请到了这里来。”她把身子朝他转过去，“我知道，做一次爱是无法把爱情补救回来的。而且重点根本不是做爱。我跟别的男人这么做时，也从未少过爱德华一分一毫。”

菲利普也把身子转向她。“跟你做爱——当年我连做梦都不敢想啊。我想抱你，亲你，把你的胸贴在我的胸膛上，在你身边躺下，在游泳池里，在你的沙发上，在我的床上——有时，我早上醒来，发现床是湿的，我梦见了你，不是梦见我们做了爱，而就是梦见了你。”他想起她刚刚讲的话，“你跟很多男人睡过觉吗？”

“是的，就连结婚后，我也跟很多男人睡过。但这些都不算数。正因为不算数，一旦我丈夫发觉了，被伤害了，我就能马上放手。他以为我有婚外情。可我没有过婚外情，我只有些短暂的交往——一个中午，一个晚上，或过一夜。我不愿拿这点事伤害我先生。”

“对青春爱情的补救可就是婚外情了。”

很久，苏珊娜都一言不发。菲利普无法判断苏珊娜是否在看他，她的眼睛是睁是闭，她是否已经睡着了。他再一次想让自己醒着、思考着，可他再一次不小心睡着了。

12

她的回答把他弄醒了。“是，若青春爱情能被补救回来，就可能变成一场婚外情。”她又轻声地笑了，而他不知道，这轻声的笑意味着什么。“你梦见我们拥抱了？我们亲吻了？你梦见我的胸了？把你的睡衣脱掉。”她把被子掀开，坐起身来，把她的睡裙脱掉。他望着她，也随着她把自己的睡衣脱掉了。就是裸着，她也还是一个美人。有那么一刻，菲利普的脑子里闪过一些念头：她的乳房是真的吗？她讲的话是真的，还是她又在跟他做游戏？他是不是又中了她的计，他是不是应该离开？如果他走的话，要是他的汽车停在门前该有多好，这样他就不用叫出租车，还得等出租车开来了。这些想法过后，他把她抱在怀里，感受着她。她说：“别怕。我们是算数的。跟你不是逢场作戏。”

两人如胶似漆，他仿佛觉得他怀中抱着的，是十六岁的苏珊娜，他自己也变回了那个十六岁的少年。仿佛在这张床上的这个拥抱是在他的床上，他当年躺着做梦的那张床。仿佛当年的渴望都得到了满足，并且超越了他当年的渴望——而且超越了一切，超越了他在任何一个女人那里渴望过的和体验过的全部。

当他们又挨着平躺下来，她的头枕在他的胳膊上，他的手放在她的小腹上，她又开始讲述：当她第一次看见他的时候，她就对他一见钟情了。她越想要他，就越要把他推开。她曾深深地希望，如果她能让菲利普和爱德华快乐相处，她就能和菲利普有染。“当你离开后，我没有责怪你。可我被灼痛了。很长时间内，我都期盼你能回来，我们又能互相找到对方。同时我还知道，我还是会把你让给爱德华。”

“我在美国的时候，强行把你和爱德华从我的记忆里删除了。可是，朱丽叶，我在高中的女朋友，是所有女孩中跟你最相像的一个。”他望着苏珊娜，“她没有你那么美。可是有金发碧眼。她也像你一样身材挺拔。”

“你当时知道你是因为我选择了她吗？”

“不知道。可是，当咱们在柏林又见面之后，我就在自己的记忆里翻来找去了——我还在我放旧照片的盒子里找了很久。你们二人的相像之处，我当年不可能没有发现。我只是不愿意让自己承认这一点。我还找到了咱们俩的一张照片，我们在你的阳台上，是爱德华拍的。他还多拍了好几张，可我只有这一张。”

“有时我在想，你是他的好朋友，同时又是我的最爱，这种情况怎么就不能发生呢？可是，一个人是会嫉妒的，哪怕与爱无关。爱德华以前是非常善妒的，直到今天都是。”

“我为你编了一个故事。”他讲起伦茨姐弟和他们的朋友，他们的家庭音乐，朋友的告别，以及姐弟继续做音乐。“然而，我对结尾非常不满意，设想了一个日后三人重逢的场面，他们还一起演出了三重奏，被邀请去参加城里的重要演出。”

“城里的重要演出倒是不需要，他们三人再次一起演奏音乐就足矣了。”过了一会儿她又说，“更美妙的将是，那个朋友只是为了姐姐一个人而回来。”

“对啊。”他怎么就没有想到这一点呢？因为这场报告中的故事是为苏珊娜准备的，在柏林相遇时，他感受到了她的冷淡，一如当年在海德堡时一样。然而，在柏林的时候，她对他不仅仅是冷淡，还把他引诱到法兰克福来，而当年在海德堡，她对他总是一次次地表示出好感。为什么他把拒绝理解为真相，而把其他都当成假象和游戏呢？为什么他只是等待着，却没有去打破那假象，没有终止那场游戏呢？总是等待着，看他人想要什么，看情况要求什么——菲利普看清楚了他和苏珊娜所处的情境，他总是在等待，从来没有自己采取过主动。“不行，”他说，“不行，不能再这样下去了。”

苏珊娜睡着了。他听着她的呼吸声。均匀的吸气，轻轻的叹息，呼气时的轻鼾。当他小心翼翼地把垫在她头下的胳膊抽出来时，她喃喃说了点什么，他没有听懂。她向他依偎过来，然后他也睡着了。

13

她把他叫醒。她已经做好了早餐，端到露台上了，在那里等他。他在他房间隔壁的浴室里刷了牙，洗了脸，穿上她给他准备好的晨袍。他走下楼梯，走到外面，被明亮的光线晃了眼睛。他看见了苏珊娜，首先是她的轮廓，然后是一幅苍白的印象派的画作，最后，她的脸和身影终于在亲切的清晰中显现。她背靠阳台，看着他走过来。

吃早餐的时候，她非常温柔可亲，可当他说到再次见面时——无论在柏林还是在其他地方，只要他们觉得好，两人能独处——她回避了这个话题。

“苏珊娜，怎么回事？”

“没有什么地方好。等我丈夫不在家的时候，这里就是我们的天地。我觉得，有你在这里，就特别好。”

“我……”

“他今天晚上回家，可过两周后，他要去香港。到那时……”她跳起来。“我必须十二点钟赶到法兰克福。你能收拾完吗？对了，你能做件让我开心的事吗？”在他能回答之前，她已经不见了。

他冲了澡，刮了胡子，穿上衣服。然后，他在露台边上的客厅里等着苏珊娜。他没有坐下，而是走到诺尔德的画作前，又走到贾科梅蒂的雕塑前。他什么都没有看进去。他又踱步到古老而珍贵的皮革装订书籍那里，也没读进去书名是什么。在施坦威钢琴边，他没有打开琴盖，没有试音，那些都是他平时会做的。

“对，”苏珊娜说，她穿好了衣服，化好了妆，进到客厅里来，收拾着她的手提包，“你在演讲开始前演奏的那支曲子，可以再弹一次吗？而且，还能再多弹一两支曲子吗？”

菲利普看着她，一时不知道，他对这个问题，还有对苏珊娜，应该怎样回应。

“昨天晚上，你完全沉浸在演奏中，你没有看到，在你弹奏的时候，爱德华变得多么安静、多么喜悦。但只有现场音乐对他才有这种效果，CD 都不行，而且还必须是钢琴，音乐还必须是浪漫派的。”这是一个小小的请求，只需他一次小小的效劳。苏珊娜没有抬起头看他。

在苏珊娜走进客厅的那个门口，爱德华坐在轮椅上，由护理人员推着，向前倾斜着上身，低着头。菲利普看着他，又看看苏珊娜，等着她从手提包里取出了车钥匙，把脸转向他，脸上的表情里有要求，有疑问，有绝望。他在钢琴前坐下，弹起昨天晚上的曲子，接着又弹了一曲，又一曲。然后，他站起来，拿起他的包，跟着苏珊娜走向车库，上了车。

这次她开得很慢，好似她想把时间留给他说点什么，问点什么。可他一直沉默着，沉默到他们到达法兰克福火车站。

他说：“我做不到。”

“你做不到。”她用很实事求是的语气说，可在他听来，她这话带着失望，甚至带着鄙视。他想为自己解释、辩护、表白。然后，他听到了她在抽泣。“对不起，”她哽咽着说，“对不起。”他把她拥进怀里，他不知道，这就是告别了，或一切都还有救。她就让他这么抱着。

他们坐在车里，在彼此的怀抱中各自失落。直到有一个女人过来敲他们的车窗——他们的车把停车场的出口堵住了。苏珊娜坐直了身子，用两只手去擦脸，然后启动了汽车。菲利普陷在恍惚迷茫里，他打开车门，下了车，可又冲着车子弯下了腰。“我要……”他不知道接下来要说什么，也不想那么快地说些什么，不想就着轰隆隆的马达声说，更不想在那个等着他们开走车的女人面前说。“我知道。”苏珊娜说。她伸出手，摸了摸他的脸。然后，她关上车门，开走了。

护身符

1

在灯光下她打开了房门，一个女人从门外的黑暗中一步跨进了灯光里，问道：“我能跟您说句话吗？”

她不认识这个女人。此时已是晚上，她很劳累。她一整天都在诊所里上班，这家诊所她在几年前就卖掉了，但她还是继续给一些老病人看病。偶尔也会有新的病人想向她问诊。不过，还从来没有过病人到家里来请她看病。“明天早上十点起我就在诊所了。”

“不是这件事……我找您是因为您的丈夫。”

“我丈夫？”她摇摇头。她已经离婚十九年了，从那以后，她虽然跟几个男人交往过，目前也有一个男友在她的生活中存在，但她想不起任何一个男人，是她会用“丈夫”这个词来称呼的。

“我是说米夏埃尔，跟您离了婚的那个人，我应该……”

“我不想谈我的前夫。”她快速地把房门拉开，又快速地把门在自己身后关上，让自己靠在走廊的一面墙上。这应该是一名想报道米夏埃尔的女记者吧？这些人总是想报道他，来找她，想跟她聊他。他们还没离婚的时候，他就是市政府里的重要一员，离婚后，他成为十分受人爱戴的市长。前不久，出乎所有人的意料，他宣布放弃下一个任期的竞选，从政坛退出。这名女记者是想从她这里挖些背景信息吗？她什么都不了解。她不想跟米夏埃尔打任何交道，事实上她跟他也没有任何联系。他们住在一个大都市里，她可以避免碰到他的任何可能性。她也避免跟人谈起他。并不是说她不想找机会说说他的坏话，但是，她是一个骄傲的人，不屑于屈从于自己的这点儿欲望。

受过的伤还在让她隐隐作痛。这么多年来痛感一直在，一种轻微的疼，可以忍受，持续的痛。她其实可以立刻幸福起来的，可幸福感从来都不能持久。她不再相信幸福这个东西，她让自己相信了它一回，可它狠狠地骗了她。他是因为那个给他们看小孩，同时自己学德语的互惠生而离弃她的，这听起来很俗套，她跟朋友们说起来都得发笑。她希望，她的笑是一个超脱的笑，而不是一个苦涩的笑。

敲门声还在响，声音很克制。她不做回应，那个人就摁响了门铃。门铃的响声中透露着怯懦，你还没听准到底是不是门铃在响，它就断了音。可在她听来，那响声却大得不行，门铃的尾音还没完全消失，她就拉开了门，冲着那个女人吼道：“请您不要再打扰我！”

门前站着的那个女人垂着头，耷着肩。她这时仰起头来，满脸都是泪水。哭泣把这张脸改变了，变得有些孩子气。

“米莱娜，是你？”

女人点点头。“对不起啊，他说了，我应该问您，您能不能来家里一趟。”

她上下打量着这位昔日的看小孩的互惠生。米莱娜曾经是一位漂亮姑娘，金发碧眼，身材匀称，十分撩人。现如今，假如她稍加打扮，也还是一位顺眼的女性。可她这副样子，精疲力竭，畏畏缩缩，哭丧着脸，眼睛变小了，嘴唇变薄了，皮肤也显得疲惫，鼻翼和嘴边的皱纹深陷成一道槽。米莱娜并没有发胖，但是，从敞开的大衣中显露出一个看不出腰部曲线的身形。

“你不用对我称呼您。我们以前都是以你相称的。我是萨宾娜，如果你把我的名字忘了的话。”在这个女人面前，她感到自己处在高高在上的位置，因此也能做到十分大度。“进来吧。”

2

萨宾娜开了灯，领着米莱娜进到大房间，也就是客厅、餐厅及厨房融为一体的空间。她住的是联排别墅，在她离婚后，她把这个一楼的空间重新改造了一下。她请米莱娜脱掉大衣，在宽大的餐桌边坐下。“你喝茶还是葡萄酒？或者想来一杯威士忌？”

“谢谢，我什么都不喝。我不想打扰您。事情是这样的，米夏埃尔他……”

“先坐坐。我给咱们开瓶红酒。”

萨宾娜把酒瓶从柜子里取出来，拔掉木塞，在桌子上摆上酒杯，往每个酒杯里倒上酒，与此同时，米莱娜小心翼翼地环视四周。二十年前，她从波兰来到这里当互惠生，能到这么一户好人家做事，她很幸福。男主人是一位政治家，女主人是医生，两个孩子一个十三岁，一个十五岁。她成了孩子们的伙伴，她希望跟着孩子们学习德语。那时，客厅、餐厅和厨房还是分开的，这对夫妇和孩子们的房间在二楼，她自己的房间在地下室。她住过的那个房间现在在派什么用场呢？假如那年她看小孩和学语言的互惠生生活顺利结束，一切按照原定计划发展的话，她会去大学攻读法律，开创一番在德国和波兰的律师事业，那样的话，她如今的生活又会是怎样的情景？假如她当年没有跟米夏埃尔调情，或者，他没有认真对待她的主动调情，或者，他没有去敲她的门，或者，她没有应声开门的话，一切又会怎样？她当年跟所有的男人都调情，她没有把跟米夏埃尔调情当成多大点事儿。她完全没想到，他会趁夫人出差来敲她的门。她并没有火烧火燎、急不可耐地把门打开，而是充满惊愕，不知所措。她爱上他是很晚以后的事，等出轨、分居、离婚、结婚、儿子出生这一系列的暴风骤雨都过去后，她才发觉，他是一个那么体贴、充满依恋、和蔼可亲的丈夫和父亲。

“米夏埃尔怎么了？”

“他得了淋巴癌，很长时间内对出现的症状都没提起重视。他的体重下降了，经常感到疲倦，也没劲儿像之前那样工作了，还经常发低烧，夜里出汗。他认为是市里的工作把他搞得精疲力竭，他需要休假。可休假之后，一切都没有好转，他就必须停下来了。我终于成功把他送到医生那里看病，他们不停地把他转给下一位做检查，最后，他们建议他做化疗，化疗可能会延长一点他的存活时间，可他不愿意做化疗。他就像我的那只狗，我是小时候得到那只狗的，狗已经老了，很快就死了。他站起来，拖着疲倦的腿，朝他的沙发走去，天气好的时候，他会坐在或躺在露台上，动也不动一下。他吃得很少，不读书也不说话了，目前他还不需要吗啡，可他神游得那么远，就像他已经在服用吗啡似的。”

“你们有孩子吗？”

“他们都不住在家里。大儿子在英国读书，两个姑娘在寄宿学校。他们一回家，米夏埃尔就很高兴，他的话不多，孩子们给他读书，读他自己是小孩子时爱读的书。我也给他读书。现在他请求您，请您来看他。或者，见个面，他是这么说的，您也许不愿意到我们家里来，他现在还能上咖啡馆，或者在公园的长椅上坐坐。”

“他干吗要见我呢？”

这时，米莱娜还是抓起了一只酒杯，当萨宾娜拿起酒杯喝酒时，她一直没有动过她的酒杯。“我又怎么知道呢？”她的声音变了调，变得执拗，“也许在他的信里写了，他跟我说，他给您写过信，可您从来没有回复过。因此我就来了。这样您就知道，他是真的想跟您见面。”她从大衣的口袋里掏出一张纸条，大衣是搭在她的膝盖上的。“这是他的电话号码。他总是随身带着电话，您直接打给他就好，不用打给我。”她站了起来。

萨宾娜也站起身来。可是，这两个女人都没有往门口走。萨宾娜体会到，对米莱娜来说，到她这里来是件多么难的事，她的傲慢里面掺了一丝幸灾乐祸，还有一丝同情心。“对你来说，到我这里来真是不容易。”她发觉，米莱娜叹了口气，拿不准那个年长的女人是在安慰她还是在侮辱她。“我尊重你的做法。”

米莱娜耸了耸肩，朝门口走去。萨宾娜跟在她身后。“告诉他，我会考虑的。”米莱娜点点头，轻声道了晚安，就走出了房子。

3

米莱娜的来访彻底改变了萨宾娜与米夏埃尔的关系。米夏埃尔不再只是记忆或想象，而是又变得真实了。即使萨宾娜只是从米莱娜的讲述中感受到米夏埃尔存在的真实性，这也已经足够了，足够把本来空洞无物的轻微的痛感，转换成一股狂风暴雨般的情感。这痛感的存在，总让她的人生、她的世界显得有那么点不对劲。现在，她的感受是：他活该得病。她似乎在跟他的扭斗中，取得了最后的胜利。他活该得到一个不再美丽的女人，他恳求这个女人来找她，这对他的女人已经是种侮辱，她肯定会让他付出代价。她沉浸在胜利的眩晕中，他想见她，他需要她，没有她的宽恕，他无法死去。她也感受着自己对这个男人的同情：他曾经强大坚忍，属于会突然死于心脏病的那种人，犹如一棵大树被雷击倒，而现在，他却慢慢枯萎下去。同时，这段死前所剩的时间，就像是对他弃她而去的惩罚，因为他想从米莱娜那里重新找回青春。他让自己逃进一个青春时段里，可实际上他对于这个青春时段已经太老了。而现在，他又溜进了一个被判处死刑的年龄，对于这个年龄他又太年轻了。事实上，当年他就不成熟，到了今天，他还是不成熟。当年他总是认为，她对他就应该像一位母亲对她的小男孩，必须理解这孩子，还要安慰这孩子——这孩子把一切搞得乱七八糟，可这并不是他的本意。多么屈辱啊，根本没把她当女人看待，而是把她置于母亲的位置上！不行，她不能见他。不行，她还是得见他，当面羞辱他，就像他曾经羞辱过她一样。他羞辱了她和米莱娜，谁知道还有没有其他被他羞辱过的女人。

萨宾娜坐在桌边，把一瓶酒喝光了，她又开了一瓶。或者，是她在他们的关系中把自己装扮成母亲的角色，把他逼成了一个小男孩？她知道，她曾经很强势，一切都由她说了算，多年来，她就是以这种强势风格领导着她的诊所，有那么几年，她还领导了公共医疗医生协会。至于两个孩子，她把他们都领上了正道。他们的儿子是个拿不定主意的人，他们的女儿才华横溢，却不自信。过去的这些年里，这两个孩子和米夏埃尔的关系到底处得怎么样？离婚后，孩子们放弃了见米夏埃尔的愿望。或者，是她迫使孩子们放弃了这个愿望？无论如何，孩子们还跟她在家里住的时候，他们从来没有见过米夏埃尔。后来，孩子们对她暗示，他们想恢复跟父亲的关系，她对孩子们说，他们应该做他们想做的事。她什么都不想知道。

这时是晚上九点半，给孩子们打电话还不算晚。儿子贝尔特拉姆接了电话。“这一阵儿你见过你父亲吗？”

她听到电话那头有说话声、笑声和音乐。“不能等等再聊吗？我家里有客人。”

“那你就走到另一个房间听电话啊。我只是想知道一下……”

“母亲，现在不行。我明天给你打电话。”他把电话挂了。

他现在跟朋友们开派对的这间公寓，是她给他买的。她还每个月给他钱，资助他这个收入有限的摄影师，没有她的资助，他也不可能跟他的朋友们欢聚一堂。当年如果不是她逼着他去上学，逼着他拿到毕业证书，他也当不成摄影师，也不可能得到跟他一起开派对的朋友们。萨宾娜深深吸了一口气。她禁止自己再给儿子拨一次电话，要求他跟自己说话。她给女儿打了一个电话。

“这一阵儿你见过你父亲吗？”

“你怎么想知道这事儿啊？”

“你见了他没有？”

女儿吐了一口气，在话筒里听得很清楚。萨宾娜不知道，她是不是借此表达对母亲提问的愤慨，或者是想借此逃避对这个追问的回答。

“你父亲派他的老婆来找我了。”

“咱们从来没有谈过父亲。也许咱们真该谈一谈了。可是，我不会深夜在电话里跟你聊这个话题。”

“深夜？现在还不到十点呢。”

“米莱娜没跟你说她来找你是为什么事吗？”

“说了，可是，他有没有跟你们提过我？你知不知道，他为什么想见我？”

“不知道。我都不知道他想见你这件事。母亲，我帮不了你什么忙。”

萨宾娜等着，看女儿还有什么可说的，虽然她知道，她只是在白等。“那就晚安了。”

“晚安。”

还没等她女儿把电话挂了，萨宾娜就挂上了电话。米莱娜提到过一封信，米夏埃尔写给她的一封信。萨宾娜没有收到过任何信。她是否应该对米夏埃尔提出要求，让他把他想说的事情用信的形式写出来？不，这样不行。这会搞得她只能答应或拒绝。

她想见他吗？她会很享受瞧他那副虚弱衰老的模样，他那副对她心怀歉疚、十分痛苦的模样吗？他会要求她的宽恕吗？她会愿意宽恕他吗？她能做到宽恕他吗？

4

她拿不定主意，这周拿不定，到了下一周还是拿不定。冬天走到了尽头，白天变长了。萨宾娜晚上回到家时，她房子四周不再是黑乎乎一片了。假如米莱娜此时来这里等她，萨宾娜会立刻看见她。可是米莱娜再也没有来过。米夏埃尔也没有再写信来，她也没有跟孩子们再次谈起他。

记忆又变得鲜活起来。米夏埃尔当年不只是一个想从妈妈那里得到安稳的小男孩。当她把她的失望、受伤和愤怒表现出来的时候，这些情绪对他来说都是一种重负。他不需要这些。他在米莱娜身边的日子的确好过得多。他就那么离开了她，甚至都没有跟她认真谈过一次话，哪怕就是在一起大吵一架，大痛一次，大哭一场。她现在想起自己当年的表现还羞得面红耳赤——她曾经去他的办公室闹过，还去过他跟米莱娜租的公寓楼前堵他，追着他高声大叫，要求他跟她谈一谈。他绷着一张回避她的充满尴尬的脸，从她身边走了过去。

她太了解这张脸了。当有人有事求他时，比如她有家务或在院子里有活儿需要他帮忙的时候，孩子们妨碍他工作的时候，他不喜欢的狗却喜欢他，总往他身上跳的时候，他都会绷着这样一张脸。她还想起他其他的面孔——有男人味的脸，孩子气的脸，害怕的脸，魅力十足的脸，这些脸让这个男人浮现出孩子的样子，也就是这张脸，吸引着女人给他投票，成为他的选民。她从来没在他的脸上看见过愤怒——这种强烈的感情，在别人那里碰到时他总是会回避，在他自己这里就彻底没有了。就连她自己，直到分居前也从未流露出过愤怒。也许她发觉了，如果要维护好二人之间的关系，就不能把强烈的情绪表现出来。

有一次，她从储藏室里取出了老相册。她一页一页地翻看着，惊讶地发现他们曾经是多么年轻啊，他们在照片上和在生活里都显得那么笨拙，孩子们看上去都那么乖巧，在此刻的她眼里，那时的人多么陌生啊。就在那时，福尔克尔来看她，他既是同事又是朋友，还是跟她睡觉的男人。

“我可以看看吗？”他在她身边坐下，跟她一块儿看起照片来。过了一会儿他问：“你跟你的过去到底是怎么回事？有两个星期了，你像变了个人，不在此地也不在彼处的，好像你不知道你的归属。”

她摇了摇头。“我本要去储藏室里找一个包，结果看到了这些老相册，于是把它们拿下来，翻一翻。一时的情绪而已。”她吃惊地发现，假如她跟福尔克尔提起米夏埃尔，这感觉将无异于背叛。怎么会这样呢？

第一个温暖的春日来临时，她坐在狄尔泰咖啡馆的露台上。米莱娜从她眼前走了过去。这回她精心打扮了一番，又变得好看了。她容光焕发，对着一个男人笑起来，男人用胳膊搂着她。她没有看见萨宾娜，她眼里只有这个男人，对如此强烈的自我沉浸，萨宾娜几乎要嫉妒了。这样一来，米夏埃尔又矮了一截。

最后，她跟她的闺蜜讲了自己的矛盾心理，这个闺蜜跟她认识的时间最长，也最知心。闺蜜跟她说了一堆无比正确的话，比如这样的句子：当我们宽恕他人的时候，其实更多的是跟我们自己和解；还有，跟米夏埃尔见面对她也有好处，人生的幸福并没有欺骗她，骗了她的只是某个男人而已，当年是他跟她了断的，可她这里还没了断呢，如果现在她能做到终于跟他了断，她就能重新打开心扉，拥抱新的幸福……诸如此类的话还有不少。还有，跟孩子们的关系也能因此得到修复，因为他们跟他有联系，可她跟他没联系，孩子们就没法真正跟她说话。好牌都攥在她的手里呢，她完全可以大度些，而且还能享受自己的大度。“还是说你已经在你的痛苦里浸泡太久，离了这痛苦就活不下去了？”

5

她可不想让人这么说，也没有必要让人这么说。米莱娜给她的那张纸条她找不到了，她就给儿子写了封电子邮件，请儿子把他父亲的手机号码给她。第二天，她就收到了这个手机号。

她应该在哪儿跟他会面呢？城里最漂亮的咖啡馆叫迈尔斯咖啡屋，是栋老房子，装修风格怀旧，舒适宜人。以前他们经常去那里，分手后，她就再也没有踏进过这家咖啡馆哪怕一步。尽管如此，她还是把这家咖啡馆称作他们的咖啡馆。不行，她可不想在迈尔斯咖啡屋跟米夏埃尔碰面。

米莱娜说过，他也愿意去公园里，坐在长椅上跟她见面。萨宾娜对碰面这件事情想得越多，公园长椅就越发显得正确。他们可以肩并肩地坐着，可以互相对视，但又不必非对视不可。如果谈话出现停滞，接不上了，比肩而坐地沉默着，总比脸对脸要好些。作为前市长，他不会招人好奇地打量，也不会有人过来致敬什么的。假如两人谈得情绪激动，也不会招人侧目，引发关注。如果他们见面的那天下雨怎么办？要是那样的话，他们俩就打把雨伞坐在伞下好了。要是天冷怎么办？萨宾娜不想再继续往下琢磨了。

她没有给他打电话，而是发了条短信。她给他打电话，那就好像是她主动找他似的，而实际上不是他想见她吗？电话打过去，还得听他的声音，他声音里的感受也会传递过来，不能不承受着，自己还得做出反应，就像是欠了他似的，明明本该是他配合她的感受。还很有可能打电话的时间刚好不对，搞不好医生正在做检查，或是米莱娜正在给他擦洗或换床单，她会被告知，请过些时候再打电话来——这可不行，萨宾娜可不想给自己添堵。她敲了个短极了的句子：“下周一下午四点，植物园日本樱花树边的长椅？”他也极短地回了一句：“好啊。”

她试着为这次见面做些准备。“你能原谅我吗？”——如果被这样问到她该怎么作答？她能原谅他吗？不是为米夏埃尔，而是为她自己这么做，她的闺蜜不是这么讲的吗？萨宾娜知道，她应该把心态调整到这个状态，她也愿意把心态调整好，可心态就是调不过来。心里做不到。头脑倒是响应了闺蜜，再不能拖了，要跟米夏埃尔有个了断，这是最后的机会，打开心房，迎接新的幸福，也许能跟福尔克尔过上幸福的生活，也肯定能帮助她改善跟孩子们的关系。原谅米夏埃尔——除了需要理解他当年为什么要那么做，他都干了些什么外，还需要什么才能迈出这一步？这种理解她是有的，她也了解他，他人不坏，只是软弱、无能，在夫妻关系里只求友善舒适的平衡，更多就找不出来了。假如他没有离开，迟早有一天她也会离开他的。一直这么过下去，她会受不了他那套空洞的、一成不变的日常。

她能原谅他吗？没有他的配合，她是无法原谅他的。假如她最终能说出她婚姻里的一切糟糕事儿，还有他在分手时施加给她的屈辱和痛苦，以及他的那种被动的攻击性——他总是带着这种被动的攻击性躲避矛盾、拒绝交流，假如他最终能懂得，他对她都干了些什么，假如他能用正直的态度和卑微的姿态请求她的原谅的话，她才能原谅他。

6

周一是阳光灿烂、温暖宜人的一天，萨宾娜在植物园里一路走向日本樱花树，感到心旷神怡。迎春花开放了，灌木枝头和树梢上抽了不少芽，有鲜嫩的绿叶舒展开来，鸟鸣声响成一片，植物园里的男女园丁在挖坑、翻土、种花育苗。很快，大自然就会展现出一派繁荣景象。

从大老远处萨宾娜就看见了米夏埃尔。他坐得笔直，两腿之间夹着一根拐杖，双手搭在拐杖头上。当他听见了她的脚步声，就朝她转过头，站起身来。她看出来，他是费了很大力气的，他朝她走过来的这几步路，走得相当艰难。但他挺直身板，穿着带背心的米色西装、蓝色衬衫，戴着蓝红相间的领结，脚下是一双带网格的皮鞋。他看上去样子很好。他把头偏向她，陪她走到长椅前，等她落座后，自己才坐下。

“谢谢你能来。”

她耸了耸肩膀。“你快要死了呀——”她在句子结尾处提高了声调，这样这句话听上去就不一定是个结论和判断，也可以听起来像个提问。

他轻轻一笑。“对你的口无遮拦，我从来都敬佩不已，又心惊胆战。我总愿意相信世界很美好，可你是对的：我很快就会死的，在这件事情上没什么可美化的。”

一个女园丁推着小车走过来，向他们致意，他们也回以问候。

“我原本也是可以给你写封信的，可是母亲希望我把它亲手交给你。她对这件事可认真了，她不愿意我把东西给你邮寄过去，也不愿意我托孩子们转交给你，而是必须由我来交给你。她特别喜欢你。她也能理解，我们俩分手后，你不再愿意跟我的父母和兄弟姐妹来往了。可她对此是很难过的。

她以前也很想学医，但在她生活的那个时代，她是做不到的。在你身上，她看到了她自己想成为的那个人。为了咱们的家，为了孩子和诊所，你付出的努力和奋斗，深深打动了她，那仿佛就是她自己要走的人生之路。对于我离开你这件事，她从来都没有真正原谅过我，即使她对米莱娜和我和颜悦色，即使她也很爱我和米莱娜生的孩子们。”他把手伸进他的夹克内兜里，拿起萨宾娜的手，往里放了一条金项链。那坠子是一块金子衬底，雕花镶金边的黑曜石。这是他母亲出出进进成天戴着的那个护身符。

萨宾娜不想哭，不想在米夏埃尔面前哭，他看见她哭的次数太多了，瞧不起她哭泣的次数也太多了。可是她也说不出话来，她得拼命强忍着眼泪。她用双手捧住这个护身符，把坠子打开，先看左边，左边镶的是米夏埃尔母亲的照片，右边的小框里是她两个孩子的照片，年龄在四五岁上下。

米夏埃尔的母亲看上去比萨宾娜记忆中的老一些。她白发苍苍，双颊上有皱纹，看人的目光是聚精会神的，可里面也带着畏惧之情。这份畏惧是新添的，萨宾娜还清楚地记得她聚精会神的样子。米夏埃尔的母亲对她一直都很好，亲切和蔼，她很好奇这位年轻的女子怎么就那么能干，同时应对那么多任务，她总是能设身处地为萨宾娜着想，能帮到的地方就帮她。不仅是她喜欢萨宾娜，萨宾娜也喜欢她——但萨宾娜还是把她从自己的生活里给摘了出去。她还想得起她打来的电话和写来的信，米夏埃尔的母亲总是想约她出去吃顿晚饭或午饭，哪怕喝一杯咖啡。萨宾娜在电话里不置可否，对她的来信干脆就不回。

“母亲的护身符里，本来放的是一位摄影师拍的我父亲的照片，还有我们这几个孩子的照片。我想，你会更喜欢里面放她和咱们孩子的照片。你看看她的眼睛，我母亲在晚年变得抑郁了，随着抑郁症的发展，她变得对世界惧怕起来，特别是怕出门，可就算是待在家里，她也怕，怕我父亲沉重的身体，怕家里的大衣柜，就连风把窗帘吹动起来她都害怕。尽管如此，她到了最后一刻都想知道，外面的世界怎样了，她更想知道的是，她的孙子孙女都在做什么。”

萨宾娜想问，她是什么时候去世的，但还是没有问。问了又能怎样呢？她一言不发地坐着，直到她把握着护身符的手握成拳头，放在胸口。“谢谢。”

女园丁推着空车又走回来，朝他们微微一笑，萨宾娜也回以一个微笑，米夏埃尔抬手致了意。

过了一会儿米夏埃尔问："你不开诊所了？"

"不开了。不过我还是经常过去帮帮忙。"

他点点头。"我一点都不留恋政府工作。不过，我还是挺怀念那种归属感的，那种参与感，那种能做出一番贡献的感觉。"他笑了起来。"假如咱们有一个家族企业就好了，比如一家超市，那咱们的儿子托马斯现在接手管理，我该有多满足啊，我就可以只负责给顾客打包了。"

"你害怕死亡吗？"

他摇了摇头。"我不会像母亲那样心怀畏惧。可是，我变得越来越伤心。也好，让死亡给一切画上个句号吧。"他转过身来，看着她。"我很抱歉，萨宾娜。对于一切我做过的还有没做的，我都很抱歉。可是，比抱歉更深刻的，是这一切都让我伤心难过。我的伤心难过凌驾于一切之上，弄得我疲倦不堪，它就像一潭黑色的水，一个黑色的湖，我会淹死在里头的，不可逃离地淹死掉。"

萨宾娜不知道她该说什么，又该做什么。对他说她能懂他？她不懂他。把他拥在怀里？她把手放在他的手上。"我开车送你回家吧。"

7

她向他伸出胳膊。两人走得越久，米夏埃尔拐杖就拄得越费力，身子也越来越重地靠向她。她对他怜悯起来。

二人不说话。在汽车里也没有说话。当她把车停在他的家门前，他捏了捏她的手，说：“感觉真好。谢谢。”

几个星期后，她在报纸上读到他去世的消息。之后她接到了孩子们打来的电话。接下来的几天，报纸上登了很多关于他的报道，这座城市都有哪些要感谢他的地方：在他的主持下建了新的市政府楼、市政厅，扩建了城市剧场，在以前的货运站开辟了城市新区，还极大幅度地减少了负债额度。这些萨宾娜都不读。不过，如果有人对她谈起他，她不会再感到很难堪了，她也愿意承认，他的工作成绩的确不凡。

她女儿问她，现在是不是终于到了大家该一起谈谈父亲的时候了。“也许吧。”她回答道，之后就再也没有回到这个话题上来。

米夏埃尔有没有抱着正直的态度和卑微的姿态请求她的原谅？他的态度是正直的，他的姿态是卑微的。然而，他其实并没有请求她的原谅，他们也根本没谈她本来想跟他好好谈一谈的那些事。她本该失望来着，可她并没有感到失望。她工作的时间比以前少了，对孩子们的担心也少了，跟福尔克尔待的时间变多了，对他想一起出门度假旅行的各种提议也做出响应了。见过米夏埃尔并回到家后，她把那条带护身符的金项链放进了首饰盒里。但是，在米夏埃尔去世后，她把护身符项链取了出来，天天戴着。

深爱的女儿

1

在波罗的海边的一个周末瑜伽班上，他们二人结识了。巴斯蒂安的太太为了另一个男人把他甩了，他此时想改变自己的生活，少工作一些，忘掉理性，发现自己的身体，寻找自我。特蕾莎呢，她觉得仅仅只当一个妻子、家庭主妇和母亲是委屈的，她想通过这次周末瑜伽班第一次跟自己的生活决裂，重新出发。

周四晚上安排的是上课的学员互相认识，在参加的八个女性当中，他一眼就被她吸引了，她呢，在四个男学员当中，眼里只有他。她身材娇小，白皙的脸上是一双大大的深色眼睛，表情里混合着谨慎和好奇——她跟他那体态丰满、果断强势、总是要说了算的妻子太不一样了。他在脑子里想象着，跟眼前这位女士一起生活，一定是轻松简单的。她喜欢他充满力量又有点不够灵活的动作和他闪亮的蓝色眼睛，还有，他在自我介绍时言辞简洁，但清清楚楚地表明，他在寻找新的生活伴侣。她的丈夫是个要掌控一切的人。

到了周五，他的目光总是跟着她转，而她的眼睛也离不开他了。有时候，两人的目光会交织到一起。到了晚上的课程，班里的学员们坐在一起讨论薄荷茶和野菊花茶，他们俩挨着坐。到了周六的晚上，他们没有去参加晚课，两人去海滩一起散步，找到了一张沙滩椅，沙滩管理员可能忘记把它锁起来了，他们俩就坐进去，聊个没完。她给他讲述了自己的婚姻，她有个五岁的女儿玛拉，还聊起自己的梦想——重拾医学专业课程，毕业后能当医生。他也给她讲了自己的婚姻，他下定了决心，要把自己的工作时间减少四分之一，还有他的希望——通过瑜伽、普拉提和舞蹈，让自己的身体和精神进入一种自由的状态。他们俩都没有说自己婚姻的坏话，只是在他们的梦想里都没有了它的位置。婚姻曾经占据过的位置，现在都空了出来。

然后，两人只是看着眼前的景色。大大的一轮满月，橘红色的，那么值得信赖地挂在天空中，同时轻盈地倒映在微微荡漾的海水中，显得一切皆有可能。巴斯蒂安握着特蕾莎的手，特蕾莎按了按他的手。到了星期天的中午，他们跟其他学员一起启程，但他们留在了当地，订了一个酒店房间。她给她丈夫打电话，运气很好，丈夫没有接听，电话答录机平静地录下了她的留言，说她到周一才回家。他则告知他的秘书，周一的一切安排都取消。之后，二人就都关了机。

真没想到事情可以进展得如此神速。在他的生活里，对所有重要的决定他都迟疑不决，思来想去——无论是上大学读什么专业，还是结婚成家，是否自己创业等。她呢，以前胆子总是特别小，不敢拒绝丈夫的求婚，也不敢拒绝他的请求，没能坚持让自己在婚后继续完成学业。两人共度良宵后，就都好似变身成了另一种人。是不是销魂的艳遇促成的？还是他们都对现有的生活极度厌倦了？或是因为怀抱一切终将走上正轨的希望？总之两人坚信不疑，他们是生死相许的，他们将搬到一起生活。

回到家后，特蕾莎向她丈夫宣告，她接下来将离开他，请他搬到旅馆里或朋友家里去住。他没有顺着她的意思，而是胁迫她，又哭又喊，她则趁他出门上班的时候，叫了搬家公司服务，把自己要带走的东西都从家里运走，寄存在仓库里，带上女儿搬到了一位女友家里暂住。巴斯蒂安到目前为止都喜欢在城里租老房子住，现在他在绿化很好的位置买了栋独门独户的房子，因为玛拉喜欢在花园里玩。他的妻子，此时拿不定主意，新找的男人是不是就是更理想的一位，因此她不仅留在了老公寓里，而且恨不得把他一同留下。她央求他，两人可否一起去做一个夫妻心理治疗，把他们俩之间搞砸的事情说开，毕竟两人没处理好的事情导致了她和他各自的出轨。然而，带着幸福者的自私自利，巴斯蒂安只觉得他妻子太烦人，特蕾莎更是对她丈夫烦不胜烦。三周之后，这两个人搬进了他们的二人世界。

2

他们都懂，共同生活不是一件简单的事，跟梦想中会有所不同。但二人都有美好的期愿，而且意见一致，即在这种情况下最不能让玛拉受影响。特蕾莎要想重新续读医学，还得等大学里的名额轮到她，因此她有时间照顾玛拉，帮助玛拉适应新家的种种情况，等玛拉入学了，也需要帮助。巴斯蒂安并不尝试去填补玛拉父亲的位置，在家里很平和，从不责骂孩子，也从不提什么要求。他是个挺有趣的人，几周过后，玛拉就喜欢上了他。他会讲故事，起初，他们一起在郊野徒步的时候，特蕾莎请他讲故事，后来，玛拉也求他讲。半年以后，玛拉请他来给她读睡前故事。有时候，玛拉的父亲在她跟父亲共度的周末不能来接她，特蕾莎就开车送她去父亲那里。有一次，特蕾莎病了，只好由巴斯蒂安开车送她。从那以后，玛拉也接受巴斯蒂安当她的司机了。

他们两人，玛拉和巴斯蒂安，不仅适应了彼此，而且喜爱彼此。玛拉喜欢自己的父亲，父亲善意满满，想把她教育成好孩子，可又不会教育人，只是一味地宠爱她。巴斯蒂安就不一样了，他说话声音很轻，很柔和，会聚精会神地听她讲话，如果她有问题问他，巴斯蒂安总能给出一大堆好主意，还会鼓励人。她在学校里有什么没搞懂的，他会心情愉快地帮她解决难题，她也一心愿意解决这些难题。玛拉读一年级的时候要背一首短诗，可怎么也背不下来，巴斯蒂安帮她想出些妙招，告诉她怎么能前后接上，最后玛拉终于能一字不差地把这首诗背下来了，为此她给了巴斯蒂安第一个吻。她很早就学会了阅读。他给她找好书读。上二年级的时候，她开始写小故事，他是她的读者，给她种种表扬。

她能在外头做的事，就不待在家里做，无论是学校的作业，读书，还是写故事。她不怎么喜欢跟女孩儿们在家里玩过家家，更喜欢跟男生去爬树，玩抓强盗斗土匪的游戏。她不喜欢玩过家家，也不爱学芭蕾，但喜欢上了踢足球。特蕾莎很是吃惊，她自己可完全是另一个样子。巴斯蒂安耸耸肩。如果玛拉喜欢蓝色而不是粉色，喜欢牛仔裤而不是裙子，身上这儿那儿有些擦伤，并且她以此为荣，而不是迷恋化妆，这又不是什么大不了的事儿。

在他的上一段婚姻里，巴斯蒂安想通了，决定不要孩子。他太太生不了孩子，他们的婚姻还基本正常的时候，两人都在职场上打拼，不仅工作日里疲惫不堪，就是到了周末，也缓不过来，周六周日也就是两人一起看看电视。他简直不敢想象，有孩子的生活会是什么样子。现在，他的生活里突然有了一个小孩，他喜欢这个孩子，还想有更多的孩子。可是，他和特蕾莎生不出孩子来，而且他们发现，去尝试做试管婴儿败坏了二人共同享受的性爱生活，他们索性就不再打算要孩子了。更何况，特蕾莎现在完成了学业，步入了在医院见习的阶段。日子变得忙碌起来，想再要一个孩子的想法在现实面前变得苍白，只是一个抽象的渴望罢了。那就只要玛拉这一个孩子吧。

特蕾莎的丈夫和巴斯蒂安的妻子都拒绝离婚。很久以来，特蕾莎和巴斯蒂安都觉得无所谓，他们二人结婚不结婚都挺好。多年过后，他们俩一如当初一般坚信，他们是互相属于对方的。等一起生活了七年后，他们俩拿七年之痒当笑话，偏要在这个对伴侣关系常常艰难诡异的第七年结婚。他们都离了婚，筹备起婚礼来，玩的是一场三人游戏：在什么季节举办婚礼好呢？选什么地方？去教堂还是不去教堂？请多少客人？订什么餐？

七月份，他们在城外的一个小村庄里结了婚。尽管玛拉喜欢在学校上宗教课，可是她反对巴斯蒂安和特蕾莎用教堂仪式举办婚礼。这二位对此并没有意见。他们也顺着玛拉的意愿，只请了少数几位来宾，有特蕾莎的哥哥、嫂子及他们的女儿，巴斯蒂安的妹妹、妹夫及他们的儿子，外加四位好朋友以及玛拉最要好的女朋友茜尔维。特蕾莎的父母认为，上帝对这第二次婚姻不够仁慈——巴斯蒂安的父亲已经过世了，他的母亲因为胯骨骨折躺在医院里。玛拉选定了婚礼的菜单，就是她自己最爱吃的菜：醋焖牛肉配土豆丸子和紫甘蓝。宴席当中，她站起来发表了一个小演讲。她很高兴，这场婚礼举办了，现在她有了两位父亲——爸爸和巴斯蒂安。

3

玛拉上中学的时候去的是一所女校。她以前是更喜欢跟男孩玩的，因此特蕾莎和巴斯蒂安都感到很吃惊，她拒绝上家门口的那所男女混合制中学。她什么都没解释，但是坚持非去女校不可。后来，巴斯蒂安找出了原因。以前跟她一起玩的那些男生，现在都上了男女生混合的中学，他们都想长成真正的男孩，不愿意再跟女孩一起玩了，当然也不跟玛拉一起玩了。

聊起班上的男生时，玛拉会说些情况。这些男生站在校门口，要么等他们的女朋友，要么招摇逗乐，有坐在自行车上的，也有靠墙站的。有女生走过时，他们或是窃窃私语，或是冲着女生吹口哨、大喊大叫。他们一心想着装酷。想是想，可谁又真酷呢？谁性感，为什么性感？谁长得帅，怎么帅了？谁是吹牛大王？谁第一眼看上去不怎么样，但是越看越耐看？女生们聊起这些话题来是没完没了的。玛拉也会聊到穿衣打扮种种，有时候也喜欢脱下牛仔裤，换条裙子穿穿，也涂个红嘴唇，脸上打个粉底，把自己打扮得花枝招展的，跟其他女孩出门上街，去招惹男生。这是一种试试自己怎么样的游戏，对玛拉来说，做游戏的成分比其他女孩更大一些，那些女孩除了逢场作戏，也添了些认真的心思。轮到上舞蹈课的时候，玛拉也想像别的女生那样，能在毕业舞会上找到一个精神的男孩做伴。她找到了这样一个男生，十分高兴。可是，跟其他人不一样的是，玛拉觉得，舞蹈老师坚持的这些跳舞仪式太可笑了，什么两人要面对面站着呀，什么女生要等男生邀请呀，跳的时候要由男生指挥，跟着男生转呀之类的。不管怎么说，她和茜尔维发现，尽管不能自由随意地跳舞，交谊舞还是挺好玩的。她们参加了一个交谊舞俱乐部，那里男生和男人奇缺，她们俩就成了舞伴，一起跳。

特蕾莎发现，玛拉的身体变得有女人味儿了，想给女儿传经授宝，告诉她怎么做一个魅力四射的女人。特蕾莎年轻的时候家境不好，她是很久之后才学会怎么搭配着装的，去哪些商店买合适自己的东西，应该留什么样的发型，头发染成什么颜色更好看，眉毛应该描到什么弯度，口红选什么颜色，又该选哪种光泽的，以及它们加在一块儿如何突出她的个人风格和个性。玛拉对此不感兴趣，她觉得自己梳着短发，穿着熨出裤线的裤子和从巴斯蒂安衣橱里翻出来的衬衣很美，特蕾莎不得不承认，玛拉的这身装扮看上去的确有范儿。可是，她心里更希望，女儿的范儿能是另一番风韵。

随着时间的推移，玛拉跟巴斯蒂安越来越交心了。玛拉讲述的自己经历的事，他都用心倾听，态度总是和蔼可亲的，有时候开开玩笑，但从不做出批评。他对她学习的东西很感兴趣；她在学校里必读的书目，他也会读；她学不好的某些拉丁语和英语单词，他能让它们变得有意思甚至好玩。她过生日，他送给她几件男式衬衫，穿到她身上绝对合身。他们一家三口度假去滑雪，特蕾莎滑雪学得晚，滑得差，每次都提前回到酒店去蒸桑拿，巴斯蒂安和玛拉两人就接着滑，玛拉是永远也滑不够的。他们一直滑到天色暗下来，还待在山顶上不回去。夏天的时候，他们去山区度假，玛拉爱上了攀岩运动，他跟她一起学会了攀岩。特蕾莎周末有时要出去进修，她是精神病学专科的，还需要补充上心理治疗的进修内容。她出差的时候，巴斯蒂安和玛拉有时会进山里去攀岩。她要是有什么心事——对自己的长相不满意了，对衣服、学校、舞蹈课、女朋友、男孩子们有意见了，不高兴了，哪场约会又没成，宠物小兔子生病了，自行车坏了，等等，总之她有心事要吐露时，基本上都去找巴斯蒂安说。倒不是她不信任自己的母亲，只是因为母亲经常不在家。

4

玛拉爱上了茜尔维，就像她班上别的女孩爱上男孩的那种爱上。她想找人谈心，找的也是巴斯蒂安。在她母亲那里，她能感觉到某种保留。尽管特蕾莎知道，同性之爱跟异性之爱都是好的，她对玛拉的爱是无条件的、全心全意的，她也祝福玛拉找到一个跟她合适的女伴，如果她非得是同性恋者不可的话。然而，她心里的梦想依然是玛拉有一个由她、丈夫和孩子组成的家庭，要是有三个孩子甚至四五个孩子就更好了，当这种家庭的外婆是她梦想已久的事情，因此，玛拉是女同性恋者的前景，把这个梦想变成一个损失。这是一个损失。她知道她不应该感觉她有损失，可这不是损失又是什么呢？

有一次在山里徒步，停下来休息的时候，玛拉鼓起勇气，向巴斯蒂安发问："我爱上了茜尔维，我现在是个女同性恋者吗？"

"你爱上了茜尔维。这不够吗？非得贴上个标签不可吗？"

"标签？"

"标签，一个标记，一个做出说明的条子，一个包装上的贴条——以显示这个姑娘是一个女同性恋者。"

玛拉乐了。"不不，我不需要标签。我只是想知道，我到底是什么，我是一个喜欢女人的女人呢，还是一个喜欢男人的女人。"

"你为什么不等着有一天答案自己出现呢？到时候你就知道，是女人还是男人更合你的心意。有没有男孩有时也让你喜欢？"

玛拉的脸红了。"我们班来了个新生，从亚美尼亚来的，他有一头黑鬈发，眼睫毛长长的，看上去简直就像一个女孩。"

巴斯蒂安点点头说："女孩，男孩，喜欢像男孩那样穿衣的女孩，长得几乎像女孩的男孩——真有意思，有各种各样的人。你自己去尝试吧，试出来你自己想要的。”

他们把东西收拾好，又出发了。走了一阵后，巴斯蒂安停下脚步。“我的意思不是要你去尝试你心里不愿意的事情。我想说的是，对于你心里想要的东西，你尽可以打开心扉去尝试，看看到底是不是自己要的。假如你爱上了一个长得像女孩的男孩……”

“我已经听懂了，巴斯蒂安。”

几周以后，玛拉跟茜尔维分了手，也可能是茜尔维跟玛拉分了手，反正消息宣布得不是很详细。又过了几周，玛拉把那位叫季格兰的亚美尼亚男同学带回了家。他长得的确妩媚动人，很难把他想象成男孩，他更像一个女孩子。这个同学在他们家走动的时候，格外轻手轻脚，以至于他已经站到了你面前你还没发觉。巴斯蒂安和特蕾莎都觉得此人颇为神秘，但他彬彬有礼，待人体贴入微。玛拉受他的感染，也对当代绘画和当代音乐醉心起来。看来，他对玛拉起的作用相当不错。一年后，玛拉跟他分了手，或者是他跟玛拉分了手，消息宣布得又不是很详细。直到高中毕业，玛拉都没有再交过固定的女朋友或男朋友。

比起读什么专业，对玛拉更重要的是上哪所大学。她认为读社会教育学、小学师范、心理学和哲学都可以，她都动过心思。但是，她只想到大城市里去上大学。她是在小城市里长大的，她受够了小城市。

“这我能理解，”巴斯蒂安说，“我在柏林住过一年，对歌剧和音乐会乐此不疲。”

玛拉笑了笑说：“歌剧和音乐会？我要的是一个女同性恋的场所，小城市里没有这些，只有大城市里有。在小城市里我没办法做任何尝试。”

最后，她决定到柏林读洪堡大学的特殊语言和手语教育专业。她在合租房里租下一个自己的房间，秋季入学，开始了大学生活。

5

每年的圣诞节、复活节和暑假玛拉会回家来。一年当中有两到三次，巴斯蒂安或特蕾莎或两人同道，去柏林看玛拉。

玛拉是一个勤奋用功的学生，跟他们讲自己学期中要完成的报告、笔试、实习都很成功。她不谈论的，是柏林的女同性恋世界，特蕾莎也不想过问，而巴斯蒂安有时候问起，玛拉只是耸耸肩。到了第三个学年，她给家里写来一封信，说她认识了一个读哲学的男学生，很喜欢，暑假的时候她会把他领到家里来。

巴斯蒂安和特蕾莎在心里又期待着见到一个娇嫩的年轻男人。可是这回，玛拉带回家的是一个体格健壮的小伙子，他手长得很大，脸庞粗犷，一把黑胡须，声音低沉发闷。大家一起往餐厅走的路上，他们两人手拉着手；晚上坐在露台上大家一起喝酒的时候，二人甜蜜地依偎着；到了早上，巴斯蒂安问，玛拉房间里的床够不够宽，他书房里的沙发床可以拉出来，两个年轻人只是相视一笑，说他们晚上睡得很好。小伙子叫格雷戈尔，他讲起自己正在写的硕士论文，是海德格尔关于遗忘的论述，玛拉满脸崇拜地望着他，连巴斯蒂安和特蕾莎也认为，小伙子懂得怎么把晦涩的理论讲得通俗易懂。玛拉讲话的时候，他唯一打断玛拉的地方，是为了强调，她跟听力受损的儿童打交道是件多么了不起的事，他自己陪着玛拉去过好几次，跟耳聋的儿童有接触。两人看上去是幸福的一对。

可是很快，在玛拉打来的电话里和写来的邮件中，就再也不提格雷戈尔了。但也没有提及其他女孩或男孩。她写的和说的事情，全变成考试、找工作和面试之类的。让巴斯蒂安和特蕾莎又惊又喜的是，玛拉在离家不远的地方找到了工作。那是一个挨着农村的小镇，在那里，无论找男的还是找女的，玛拉怎么能找到伴侣呢？法兰克福是离得最近的大城市，那里估计能有女同性恋的圈子，可是开车也有一个小时的路程。

第一个团聚的周末谜底就揭开了。玛拉把茜尔维带来了。两个人在柏林偶然遇到了，她们都去了森林音乐会看赶时髦乐队[1]的演出。这些年来两个人都在寻寻觅觅，可都没找到心目中的人。少年时代，两人互相跌入了情网，现如今，十年过后，她们真心相爱了。茜尔维在老家的剧场找到一份文化经理人的工作，所以，玛拉接受了在农村边的小镇里那所聋哑学校任教。两人希望，玛拉也能很快把工作换到家乡的聋哑学校，这样两人就能搬到一起住了。目前，她们周末时

1 赶时髦乐队（Depeche Mode），1980 年成立于英国的电子音乐乐队。——编注

不是我去看你就是你来看我，路上开车花掉的时间是一个半小时。

“你们高兴吗？”有一个晚上巴斯蒂安去看望玛拉，玛拉这样问他。“你们对茜尔维挺友好的，可你们对格雷戈尔也挺友好的。我知道，妈妈心里还是最愿意我跟一个男人建立家庭，生四个孩子。我本来也想跟格雷戈尔建立家庭，生一堆孩子，可后来我才明白自己——我想要的不是他，而是一个家庭和一堆孩子。我现在依然想要建立家庭和养孩子，茜尔维跟我想的一样。”

“我和你妈妈最在意的，是茜尔维对你好不好，她能否让你生活得幸福。现在看来是可以的，我们都很高兴。我们对她还不太了解。等我们跟她熟起来，我们自然也会更高兴见到她的。无论你是跟一个男人还是跟茜尔维一起养小孩，特蕾莎都是很盼着抱外孙和外孙女的。你们两个人怎么处理孩子这件事呢？”

“我们想过几年再要小孩。我们想先结婚。至于我们俩怎么生孩子嘛，我们打算用匿名捐赠的精子。我有一个女友，她为了要孩子跟一个男的过了一夜，我可不想这么做。茜尔维不在场的事我都不想做。”

“只是你生孩子？不是你们两个人都生？”巴斯蒂安认为，茜尔维比玛拉要更加有女人风韵些。两人一起出门，玛拉跟从前一样，穿一条熨好裤线的裤子和男式衬衫，有时还打条领带，套件夹克，而茜尔维总是穿连衣裙或短裙，上身穿一件吊带或短衫。家里涉及做计划或是拿主意的事，总是玛拉说了算。

“我们两个都能怀孩子。不过，由我先开始。”

6

她们甚至在婚礼举办之前就开始尝试了。

特蕾莎和巴斯蒂安当年都试过人工授精，做激素和 B 超检查，进行激素刺激，吃药来促进卵子成熟和排卵。不过，她们还是耐心地倾听玛拉的讲述。他们陪着玛拉满怀希望，跟着她担惊受怕，随她一同伤心，人工授精第一次没成功，第二次也没有结果，第三次还是失败了。玛拉烦透了，把体外授精这件事先推迟。她们打算先结婚。

婚礼在夏天举行，地点是郊外的一家酒店。玛拉和茜尔维都愿意在民政部登记结婚，她们找到一位也跟女伴结了婚的女公证人。结婚仪式在酒店门前的草坪上举行，女公证人怀着深切的认同宣布二位结为合法伴侣。当二人互相向对方许下承诺时，特蕾莎流下了眼泪，而巴斯蒂安暗中惊讶，尽管他认为她们结婚是件正确之事，可是亲眼见证两位年轻女士结成一对，还是觉得颇为稀奇。茜尔维的父母、玛拉的父亲和他的第二任妻子，脸上都挂着勉为其难的尴尬笑容，这对年轻人的男女朋友们送出一阵阵高声欢叫。百感交集之后，巴斯蒂安开心起来，他觉得这对新人实在美丽极了。玛拉穿着一身白色西装，里面是白衬衫和白色领结，茜尔维穿一条白色婚纱，领口是尖领的蕾丝。阳光普照，草坪绿茵茵的，大朵大朵的绣球也闪着光亮，鸟儿在树梢间鸣叫，酒瓶塞子被拔出来时发出脆响，香槟酒流出串串白沫。等来宾们跟两位新人拥抱之后，她们二人相拥相抱。到了夜晚，开始跳舞了，巴斯蒂安跟女宾们跳了个遍，他跟特蕾莎跳完后，依次跟玛拉、茜尔维、茜尔维的妈妈、玛拉父亲的第二任太太、玛拉和茜尔维的几个女同性恋朋友，最后还有酒店女老板都跳了舞。之后，他拿了一瓶酒和一只酒杯，走出酒店，走向草坪，在一棵树下坐了下来。

过了一阵子，特蕾莎走过来，坐在他身旁。“她离开咱们了。”是啊，玛拉现在是别人家的人了。虽然之前她已经很长时间没有住在家里了，但她毕竟还是这个家里的人。而现在，家里只剩下巴斯蒂安和特蕾莎了。这种变化既是令人心惊的，也是充满诱惑的。巴斯蒂安和特蕾莎还从来没有单独生活过，他们不像其他的夫妻，在孩子出生前享受过二人世界。这些年来，玛拉虽然没有住在家里，但他们二人在感觉上仍然是当父母的人，在行为上也是这么做的，而不是像一对情侣，早上可赖床，下午可在地毯上做爱。

“咱们俩要好好补偿一下自己啊。”特蕾莎说着，解开了巴斯蒂安的领带，又解开了他的衬衣的扣子。

“在这儿？”

她笑了。“到处都可以呀。现在去草坪尽头吧，那儿没人能看见咱们。走！”她站了起来，把手伸给他，他也站了起来，两人走到草坪的尽头。他们朝四下张望。他们挑的这个地方很好，远离参加婚礼的客人，人声、音乐声，都离他们很远，跳舞的一对对人影都模糊不清，人们聊天的内容也听不真切，音乐只是遥远地在响。巴斯蒂安和特蕾莎可以独处了。

午夜也过去了，夜风温凉，来自酒店的喧哗声显得更加遥远了。有几位客人已经离席回家了，乐队不再演奏，音乐来自播放着的音响。特蕾莎把头枕在巴斯蒂安的胸口，他把她的长发撩在自己的脸上。

“咱们俩能独处的时间不会很久的，”她说，“等小孩出生了，咱们就得当姥姥姥爷上阵了，玛拉是不会停止工作的，茜尔维在筹款业务上还要完成进修。你还打算工作多长时间？”

巴斯蒂安的电脑咨询业务从他一个人单打独斗发展成了由两个合伙人和十一个员工组成的公司。“我不会退休的，但是工作会减量。每周工作三天吧——你自己也能做到一周只上三天班吗？”

“如果生的孩子是个男孩，就主要得靠你来带了。两位母亲加一位姥姥，倒是能把这个孩子养得特别好，可是不利于他长成一个男子汉。”

巴斯蒂安拿不准，玛拉和茜尔维会不会也这么认为。有了女儿之后又有了一个外孙，这对他来说挺不错的，但如果生下来的是一个外孙女，也没有什么不好——外孙女会让他把零到五岁这段在玛拉那里错过的时间补回来。

7

可是，外孙没有来，外孙女也没有来。荷尔蒙治疗，诱导排卵，插入导管，人工授精，以及后期取出卵子，植入胚胎……很长时间内，玛拉满心欢喜地完成这一个个步骤。她给自己赋予了此项责任，每一次的尝试，都怀抱信念、爱情和希望来全身心投入。腹壁有收缩感了，她高兴，每次做B超，她也高兴。她含着微笑去看妇科医生，坐在检查椅上，脸上也是笑。过了十四天要做妊娠测试，她满怀希望又十分紧张。当又一次尝试失败时，她只是耸耸肩而已。

然后，她怀上孕了，可几周后就流产了。玛拉绝望了，躺在床上，不吃不喝，也不跟人说话。到了第三天，巴斯蒂安来看他，他把椅子朝床边拉了拉，坐下，握住玛拉的手。

“这是惩罚吗？”

“对什么的惩罚呢？”

“因为我是同性恋者。”

“哎呀，玛拉，”巴斯蒂安轻轻地笑了，“假如真有一位亲爱的上帝，他也关心照顾我们人类，那他可就整天忙得团团转了——要给穷人果腹，要为病人治疗，要对恶人惩戒。你在帮助聋哑儿童，你是茜尔维亲爱的爱人，是你父母可爱的女儿，如果上帝还要来对你这样的人唠唠叨叨，他可就没有时间管任何其他的事情了。再说了，你不是也不信上帝嘛。”

“我知道。”

“一个人如果长时间不吃饭，不好好喝水，不理人，这个人就会胡思乱想。”

“我是在想那个小孩，他不想留在我身边。”

“这个小东西太脆弱了。”巴斯蒂安向前倾了下身子，用眼睛牢牢看着玛拉。“你可不脆弱。你先休息一阵子，然后再接着尝试。也许应该让自己更平和些。前几次的尝试你都想强行推进，等到下一次，你就让它顺其自然吧。”

这些话在玛拉听来充满智慧。她停了一段时间，过了几个月之后，又带着信心和放松的态度重新开始了尝试。就连茜尔维、巴斯蒂安和特蕾莎这次都坚信会成功。可是又失败了，接下来的一次也还是失败。

玛拉放弃了。“我不能再试了。”

8

他们一起度过跨年夜，气氛颇为压抑。现在轮到茜尔维尝试人工授精怀孕了，她很担心，怕自己也会落得跟玛拉差不多的结局。特蕾莎眼看着她梦想中抱外孙的幸福逐渐消失。玛拉筋疲力尽，认为自己是个失败者，还对茜尔维和特蕾莎的期望落空感到内疚。巴斯蒂安竭尽所能，让大家转移注意力，高兴起来，可是他白费了力气。

元旦一大早，下雪了，一下就下个不停。雪的湿度很高，到了第二天就转成了雨，第三天又变成了雪，弄得道路十分泥泞。巴斯蒂安给蒙塔丰滑雪场打了电话，这是离家最近的滑雪场，玛拉就是在那里学会的滑雪。以前，他们只要有两天空闲，就会开车去那里滑雪。滑雪场的人说，这些天滑雪场地区也在下雪，天气预报称，第二天会出太阳的，滑雪场的缆车和滑道都会开启运营。

特蕾莎和茜尔维要一直工作到周五，但巴斯蒂安和玛拉可以在周四就启程。巴斯蒂安订了两个房间。

巴斯蒂安陪特蕾莎去公交站，特蕾莎乘有轨电车上班。“我会想你的。”他说。

“我也会想你的。我今天夜里醒来，谁会把我抱在怀里啊？但你们去滑雪对玛拉有好处。也许我能在医院找到一位明天替班的同事，这样，我今天晚上就能赶到滑雪场了。”

起先，巴斯蒂安和玛拉两人在车里都不说话。玛拉有种感觉，她的脑子里已经做出了那个决定，她一路噘着嘴。渐渐地，滑雪的喜悦感才涌上来。山岭、皑皑白雪、滑道、飞速的下滑、打在脸上的风、雪被雪橇碾着发出的吱吱声响——此情此景出现在她眼前。那种自由和轻盈的运动感觉传到她的头部、腹部和四肢，在滑雪中飞翔和舞蹈，这是多么快乐啊。她把手放到巴斯蒂安的胳膊上，说：“谢谢你啊。能出来走走，到雪地里去，还能滑雪——对我来说，没有比这个更好的了。这之前我就像瘫痪了一样。”

“我刚才还在想你初学滑雪的情景。你自己还记得不？有一年冬天，咱们刚搬到一起住不久。你有三天没出酒店的门。起先，我试着劝说你，后来，我给你读故事，一个小时一个小时地读，直到你睡着了，我才停下来。我们只带了几本童话书，很快就读完了。我就给你读《奥德赛》，这是我带上打算自己读的。你终于变得心满意足了。我想，你是喜欢上了六音部诗行的节奏。到了第四天，你愿意出门了，又过了几天，你已经滑起雪来，好得就像你生来就会滑雪似的。”

“我还记得，我当时快乐得要命。一切都不简单，到最后都变得简单了，就是白色和快速。”她笑了起来。“现在，我又只需要白色和快速。咱们什么时候到？还来得及上雪道吗？”

他看了一下表。“咱们能两点整登上缆车。咱们先不收拾东西，也别开箱子了，直接穿上滑雪服，然后咱们开滑，一直滑到天黑。”

“跟从前一样？”

“对，跟从前一样。上次咱们一起滑雪，还是在九年以前呢。”

“我想自己选择怎么滑。”

巴斯蒂安点点头。他心里有些受伤，原来不是他持续三天的朗读帮助玛拉的生活转了弯，而是雪和滑雪。但这不过是小事一桩，他可不想小里小气。他期待着跟玛拉一起滑雪。自从玛拉搬到离他们不算远的地方住，经常来看他和特蕾莎，愿意跟他们一起出去玩，就连茜尔维也跟这个家越来越亲近了，这真是让他高兴。玛拉独来独往的时间真是太长了。

他看了她一眼。她睡着了，头靠在车窗上，双手交叉在大腿上。他心里涌上一股巨大的柔情，对特蕾莎带到他生活里来的那个小姑娘的巨大柔情，对这个选择了从事一项要求很高的职业的年轻女性的柔情。她自己选择了走一条艰难的人生道路去当母亲，是一个坚强的女人，总是能打动他，就像以前的那个小姑娘能打动他一样。他的车上可是运载着很珍贵的“货物”，他对自己这么一说，这趟驾驶就变成了一首颂歌，他开得格外专注和小心起来。然后就到了大转弯处，道路沿着山谷盘旋向上，接着山谷尽收眼底，白雪皑皑，阳光遍洒。从老远的地方就能看见滑道、缆车和滑雪的男男女女了，好在人不是很多。

“玛拉，咱们到了。”他抓住她的胳膊。她睁开眼睛，朝他笑了。

9

他们滑雪滑到缆车停开为止。他们滑了些短程的，互相惊艳对方，来个滑道上突然的大兜圈，一前一后或肩并肩地滑，像是一场舞蹈，结束后在缆车中坐下来，哈哈大笑。之后是桑拿、冲澡、给特蕾莎和茜尔维分别打电话，接着共进晚餐。两人心情完全放松，有一种轻盈潇洒的疲倦感。喝完贝里尼鸡尾酒，玛拉喝了一杯又一杯再一杯的芬丹白葡萄酒，都是小杯的，没点大杯，喝得有点微醺，是她最惬意的状态。她说个不停，讲起她工作的学校里的事，她和茜尔维住的公寓，讲起在周末要开车团聚，还有她喜欢哪些网剧。巴斯蒂安听着，只是偶尔这儿那儿地提个问题。能从玛拉的生活获知这么多内容，他深感幸福。他看到玛拉闪亮的眼睛，她时不时发出笑声，有时候拿手捅他一下，她的手动得有点神经质，动得很快——一切都让巴斯蒂安心旷神怡。喝完芬丹后，为了配羊肉佐餐，玛拉想点红酒。他们点了一瓶黑皮诺红酒，全部喝光。

事后巴斯蒂安问自己，是不是并非两人都喝醉了，而只是他一个人喝醉了？他口渴得厉害，虽然点了一瓶矿泉水，但是觉得冰凉的白葡萄酒十分清爽。他是不是喝了太多的白葡萄酒？之后的那瓶黑皮诺来自瑞士南部的瓦莱州，口感较轻，也十分可口。他是不是给自己一杯一杯倒了太多？这不是他的习惯，总给自己续杯，除非也把其他人的酒杯同样斟满。要不就是她给他没完没了地倒酒？是她把他灌醉了不成？

他们去餐厅吃饭的时间很早，也很早就吃完了。他们说说笑笑地朝他们两个挨着的房间走去，都累得想上床休息了。在门口他们互道晚安，互吻了一下。巴斯蒂安上床后还想读读书，可是眼睛实在睁不开了。

他也没有真的醒过来。他听见门响了，房间里有脚步声，有人绊了一下，发出些声响，然后就钻进被子里来了。“特蕾莎！”好呀，看来她找到了给她替班的人，还是赶来了。她浑身光溜溜的，跟他一样，她的皮肤发凉，让他机灵起来，也兴奋起来。他朝她转过身子，抚摸她，把她拉向自己。啊，她是多么主动，把自己向他全部打开，把自己呈献给他！他还想多享受一番亲昵，可她抓住他，果断地把他放进她的身体里，弄得他无法自持。还没等他说什么，对她倾注柔情，把体位调整到特蕾莎最喜欢的样子，一切就都过去了。他想问她点事情，可又不知道自己想问什么来着，尽管如此他还是想努力一番，可她把手指压在了他的嘴唇上。她动作轻柔地把他推到自己一旁。

他没听到她走的声音。第二天早上，他身边的床是空的，她也不在浴室里，房间里也没有她的行李。她并没有来。

他明白了，到底发生了什么事情。与此同时，他什么也搞不懂。他怎么会没有辨认出来那是玛拉呢？他算是怎样一位父亲，又算是个什么丈夫，算是一个什么人呢？他还能怎样出现在特蕾莎的眼前呢？又怎么出现在茜尔维的面前？——这一大堆问题他尚且还能花些时间思考。但他之后该如何面对玛拉呢？玛拉欺骗了他，利用了他，他对她怒火中烧。在她面前他感到自己有罪。跟她打交道再也不可能回到从前的样子了。

或者，他只是做了个梦？巴斯蒂安蹬开被子。床上有做爱的气味。不，他没有做梦。他跟他的女儿睡了一觉。她不是他的亲生女儿，可她依然是他的女儿。她是这样感觉的，他也是这样感觉的，特蕾莎也是这样感觉的。

他坐在床沿上，不知道该做什么。他们本来约好了八点钟一起吃早饭的。他坐在那里，透过玻璃门看向阳台，通过阳台看到山坡雪道上的一根根栏杆，滑道和缆车，男男女女的滑雪者，小孩头上戴着防护帽，沿着围栏敏捷地滑出曲线，围栏是他们的滑雪老师插上的。他想到，就在前一天，他和玛拉就在那头，站在缆车上，多么快乐，多么无忧无虑。他们飘飘然上了山，顺着雪道冲杀下来。这是失落的图景，今天、明天以至永远，彻底失落了。

有人敲门，门打开了，玛拉把头伸进了房间。“怎么样，瞌睡虫，”她冲他笑着，“快点啊！”她走进来，端着一个托盘，上面有咖啡和可颂面包，她把托盘放到桌子上，在他的额头上亲了一口。“过二十分钟楼下见！”话没说完她就走了。

巴斯蒂安站了起来，去冲澡，边穿衣服边喝咖啡，去电梯的路上咬了几口可颂面包，就这样，二十分钟后到了楼下。一切的一切都显得罕见的不真实，从冲澡时先是冷水后是热水淋到身体上，直到看见玛拉。她怎么可能看上去跟前一天一模一样？可事情就是这样，就像他起了床，冲了澡，喝了咖啡，吃了可颂面包，坐上了电梯。现在，他从柜子里取出雪具，跟着玛拉坐上缆车，扣好滑雪板，跟着她上了雪道，一直滑到特蕾莎和茜尔维到达酒店。随着她们到来的，是一连串的问候、拥抱，然后共进晚餐。巴斯蒂安仿佛是一个醒着同时也在麻醉中的人。在床上，他摸索着找到特蕾莎的手，握住，紧紧地握住。可是，这并不能给他心安的感觉，怎么可能呢，他想到：我们二人之间横亘着这么多错得不能再错的事儿啊。

10

又回到了家里。他开始做调研。有没有一部这样的小说，里面父亲和女儿睡觉，最后女儿死了？这个父亲[1]是个制造者，一个既有科研智慧又有工匠精神的男人，一个行动者，一个现代人，这个人对人类不敢触犯的禁忌丧失了感知，他犯了罪，造了孽。是不是在《圣经》里也有那么一个男人，他的女儿们把他灌醉了，然后他跟她们睡了觉，因为世上已经没

1 指的是马克斯·弗里施的小说《能干的法贝尔》里的法贝尔。——译注

有其他的男人能让女儿们怀孕了?《圣经》里是不是还有一个男的，他在追求一个女人，还娶她为妻，到了新婚之夜，出现的却不是这个女人，而是女人的姐姐，他却全然没有发觉?这些男人都是些什么人啊?

他读了马克斯·弗里施的小说。法贝尔死于一场手术，他其实早就知道，这场手术救不了他，因为他的胃癌已经发展到晚期。法贝尔的胃癌是不是跟他瞎了眼有关，他居然不认得自己的女儿，跟她睡觉，把她当女人那么爱恋?癌症是不是人类对世界秩序的盲目性的疾病，因为世界秩序是一种既非科学可以论证，也非技术可以攻克的秩序，它严禁父亲去冒犯他们的女儿，一旦破坏了这个秩序，女儿就会死掉，法贝尔会深陷罪责，不管他犯的罪是有意的还是无心的?巴斯蒂安去看医生，找了个借口，说之后有事腾不出身，所以要提前做一年一次的检查。“有没有癌症的前兆?”检查结果是他很健康。

在《摩西五经》第一部书里，他在第十九章找到所多玛城里的罗得的故事，以及他那变成盐柱的老婆，还有他那些没有男人的无名的女儿。所多玛城被摧毁后，罗得和他的两个女儿得以幸存，女儿们跟他睡觉后得以怀孕，他们的后代建立了摩押人和亚扪人两个族群。罗得在那个晚上醉得不省人事，睡得极其深沉，他对他跟女儿们做下的事毫无知觉，书里对他也不再提及。书里同样没提，摩押人也好，亚扪人也好，女儿们也好，罗得也好，在经历逃亡后是否生活在诅咒之中。当情况变得紧急时，就轮到父亲上场了，这不是什么不伦，上帝看待事物的态度是很实用的，尽管巴斯蒂安并不信上帝，但这些资料多少让他安下心来。

更不用说还有雅各和拉结、利亚和拉班的故事了！雅各爱拉结，她被许配给了他，他娶了她，他满心欢喜地期待着她，可是没有发觉，到了晚上，拉班给他送来的，却是拉结的姐姐利亚，因为他不愿意或不能让妹妹先于姐姐成亲。直到第二天雅各才发现这件事。“到了早晨，雅各一看，原来娶的是利亚。”雅各不能忍受这个损失。一周后，他也可以娶拉结为妻，他跟利亚和拉结，还有她们的婢女辟拉和悉帕生了一拨又一拨的孩子。

《摩西五经》第一部书里的第二十九章中，故事进行得比较寡淡。巴斯蒂安在托马斯·曼的《约瑟夫和他的兄弟们》中找到了更多的声色。他还在为一个问题困扰不已，一个男人真的会把一个女人当成另一个女人吗？他真的会以为他在跟这个女人睡觉，而事实上他是在跟另一个女人做爱？能把女人混淆到这个程度，一个男人是不是必须承认，他被这个女人搞得神魂颠倒，以至于已经弄不清楚自己正在跟谁睡了？可是，就连托马斯·曼也判了巴斯蒂安无罪。他的雅各千真万确地认为他拥在怀中的是拉结，他的手告诉他，这是拉结的头发、眼睛和脸颊，拉结的肩膀和胳膊，唯有如此，利亚才能作为一个令人心仪的女伴陪雅各度过这个新婚之夜。

撇开拉班的欺骗不说，其他人都是公然行事的。拉结、利亚、辟拉和悉帕这四个女人都知道，她们生下来的孩子们的父亲是雅各。跟玛拉的这个夜晚，巴斯蒂安既没有跟特蕾莎，也没有跟茜尔维谈过，他和玛拉两人相处起来，也好似从来没有发生过什么一样。有时候他想，要不要跟特蕾莎和茜尔维聊一下这件事？聊过之后就能把他们解脱出来了，虽然他并不知道，为什么要把他人给解脱出来，也不知道，为什么要把他自己解脱出来。事情反而会变得更加困难。不行，无法跟特蕾莎和茜尔维聊这件事。

11

从蒙塔丰滑雪场回家后过了四个星期，玛拉宣布，她怀孕了。几个女人大声欢呼，巴斯蒂安也附和着。不附和又能怎样呢？因为以前多次流产，玛拉这次怀孕后格外当心，不让自己受累，多休息，饮食清淡，经常散步，走得慢，脚步也留神，直到医生了解到她的种种行为，告诉她都是多虑，完全没有必要。医生说，这次怀孕一切发展得都很正常，玛拉是个结实的女子，肚子里的婴儿也是结实的。这样就开启了怀孕的第二个阶段，放下担惊受怕，享受怀孕给玛拉在身体和外表上带来的变化，她的脸像绽放的花朵，她的肚子也渐渐隆起了。巴斯蒂安也很高兴，因为家里的女人们都是快乐的。特蕾莎跟着玛拉一同绽放，身体的曲线也突出了，对他多了很多性事上的要求，这是很久都没有的事情了。特蕾莎是一个多妙的女人啊。

有一次，茜尔维不能陪玛拉去做 B 超检查，特蕾莎和巴斯蒂安就陪同前往，医生对玛拉说：“您后来换了方法，这是对的。”这句话在巴斯蒂安的脑子里徘徊，久久不能消散。换了什么方法？是从什么方法换到了什么方法？从匿名捐赠者的冷冻精子换成了一个身边的捐赠人？换成了一个跟她睡觉的捐赠人？医生当着他和特蕾莎的面谈起受孕方法的改换，好像他认为家人都是知道的。因为在滑雪之后，玛拉就再也没有进行任何人工授精的尝试了，他现在才想起这个细节来。或者是他没听说玛拉又做了人工授精的尝试？那么，医生特意说了这么一句，到底是指什么呢，为什么提这个呢？

难道女人们也一起保守秘密，瞒着他不说，就像他瞒着她们那样？她们是不是知道玛拉跟他睡觉了？甚至，这是她们一起谋划出来的吗？特蕾莎和茜尔维是故意没有一起去蒙塔丰，好让玛拉能拿到她需要的那个东西吗？

时机恰当的时候，巴斯蒂安问道，怀孕是从什么时候开始的，预产期又是什么时候。他得到的回答也帮不上他什么忙。据推测，十二月份人工授精后做的妊娠测试结果是不对的，玛拉其实那时就怀孕了。什么妊娠测试？玛拉做过人工授精后，没有一次对妊娠测试的结果满意过啊，她都是要做两到三次妊娠测试才放心的。巴斯蒂安被告知，妊娠测试出错是时有发生的。他去药店问询，药剂师耸了耸肩，说：“时有发生？凡是人类做的事情，都不能完全排除出错的可能性。但没听说这时有发生啊。”

巴斯蒂安不知道，他到底该有何种想法。他更不知道，假如他有一天发现，这一切都是这几个女人的共同意愿，是她们共同谋划出来的，他该做何反应，他是否会做出任何反应。鉴于他实在拿不定主意，他最后索性对自己说，整个事情就不应该升级到这个严重程度。特蕾莎和茜尔维都不知情。只有玛拉和他知道这个秘密，并且守护这个秘密。为了守护好这个秘密，他要欢欢喜喜地期待孩子的到来，一如事情都是在正确的轨道中行进那样。

到了玛拉怀孕的第七个还是第八个月，特蕾莎看望过玛拉后回到家里，她们两人下午一起为婴儿房间的布置、购买婴儿衣服和婴儿床做了些准备。巴斯蒂安在家里准备了晚饭，有烧里脊肉、沙拉、法棍和红酒。晚饭后，两人端着酒杯坐到沙发上，打开电视，并没听电视里在说些什么，也没注意画面在演什么。特蕾莎依偎在巴斯蒂安的怀里。

“刚开始，你对你的新角色表现得有些别扭。我都没法对你形容，一想到咱们马上就要当外公外婆了，我有多么幸福，以及你对要当外公的喜悦。”

他大声叫起来：“外公？不，我不当外公，也不当姥爷，也不当外祖父之类的。你别这么叫我，玛拉也不许这么说，孩子也不许这么称呼我。就叫我巴斯蒂安。”

12

特蕾莎很想在产房里陪产。可是玛拉和茜尔维耐心而小心翼翼地让她理解，在孩子出生的过程中和出生后的头几个小时内，她们二人想单独和孩子在一起。特蕾莎和巴斯蒂安是孩子出生后的第二天才到医院来看望的，对这个小婴儿惊叹不已，对两位母亲连连祝贺。他们知道是一个男孩，但是，玛拉和茜尔维没有事先向他们透露孩子的名字。小孩叫奥斯卡。巴斯蒂安很讨厌这个名字。是不是玛拉知道这一点，故意起了这个名字，为的是提醒他，他的儿子并不是他的儿子？

这还用得着提醒吗？他跟他儿子开展了单方面的无言的对话。他告诉他儿子，他们是一家人，但又不能真正生活在一起。他们只能隔着围栏相望，只能碰一碰，互相说说话，一起欢笑一起哭。真对不起啊，这个状况是无法改变的。

他感到很抱歉，这个可怜的小肉虫也让他难过。小孩经常哭闹，这个世界的光和噪声对他来说太强烈了。他恨不得帮一帮这个孩子，可他怎么帮呢？当然啦，在接下来的几个月和几年里，他能帮到不少事情——他可以帮他捡起掉在地上的奶嘴儿，洗干净，再放到他的小嘴巴里；他可以跟他一起搭积木，再把搭好的推倒，重新再搭，然后再推倒；他可以跟着他的小自行车跑，在他快摔倒的时候，帮他扶稳把手；他可以辅导他做作业，就像他辅导玛拉功课那样。然而，奥斯卡在这个世界上感受的过强的压力，他没有办法帮他疏解。他觉得第一次见到奥斯卡就感到这孩子面临的压力很大，这种情况今后还会继续发生。

也可能是他搞错了。当他对特蕾莎提及奥斯卡要承受过强的压力时，特蕾莎完全不明所以。奥斯卡难道不是一个已经挺健壮的、机灵的、爱动爱学习的小男孩吗？奥斯卡和巴斯蒂安两个人很投缘，巴斯蒂安很快就放弃了禁止叫他外公或姥爷的斗争。奥斯卡很高兴听大家说，他和巴斯蒂安长得很像。巴斯蒂安得是一位多么可亲可爱的继父和继外祖父啊，就连他的继女生的孩子都像他。玛拉听到这话就笑了，巴斯蒂安笑得很尴尬。

有时候他想到法贝尔、罗得和约瑟夫这些人物。弗里施是错的，他不应该让他小说里的女儿死去，那位父亲也不该死。还是《圣经》说得对，女儿们可以成为幸福的母亲。跟一个错误的女人过夜，并不会摧毁跟正确的女人的幸福生活。玛拉是幸福的，特蕾莎和他也是幸福的。世上经常发生的是从对的事情中搞出错的事，那怎么就不可以从错的事情中搞出对的来呢，你说是不是？

岛上夏日

1

他还从来没跟父母出门度过假。一到放假的日子，父亲都要独占母亲，只带母亲去度假，男孩只好和姐姐两人去祖父母家或姑姑家，要不就是到叔叔家待着。

然而，一九五七年的这个夏天变得迥然不同。父亲无法享受假期，因为他的老板出了事故，父亲要代为管理整个部门。母亲本想留在父亲身边，可是，她刚得过肝炎，还没好全，她的医生认为，她需要疗养，应该去趟阿尔卑斯山，或者到海边待一段时间。这样一来，她就想把两个孩子带上，去度假。但十五岁的女儿坚持要去参加网球夏令营，为了实现这个心愿，女孩把零花钱攒下来，连名都报好了，这可是她为自己全力争取来的。于是，母亲带着十一岁的儿子独自出门度假了。

直到坐上了火车，男孩的脑子才转过弯来。父亲和姐姐把他和母亲送到火车站，一直送到站台上。透过打开的车窗，大家交换了彼此的叮嘱和告诫，然后掏出手绢互相挥舞。直至彼此从对方的视野里完全消失后，母亲才关上车窗，坐下身来，男孩坐在了母亲的对面。这节车厢的隔间里只坐了他们母子二人，他和母亲单独在一起了。

母亲从搁在身边的包里拿出一本书，用双手捧着放在膝上。她对男孩微微一笑。男孩觉得母亲的意思是，她很高兴有他在自己身边，但要他明白，他不能打扰她。母亲把书翻开，读了起来。

他从前可没见过母亲的这副模样。在家里，她总是动来动去的，不是在下厨房，就是在吃饭，不是在蹬缝纫机，就是在洗衣服，不是在花园里干活，就是在弹钢琴。是不是他上床以后，母亲才会抱着一本书，坐在客厅的沙发上读呢？她会不会把上身往后靠，一条腿搭在另一条腿上，目不转睛地盯着书页，似乎一切对于她都不存在了？若是在家里读书，她肯定不像此刻，穿着一件无比讲究的优雅衣裳。这是一件小圆领的灰色连衣裙，扣子很多，袖子长长的，跟母亲灰色的眼睛和棕色的头发很是相宜。男孩以前没见母亲穿过这件衣服。他也没见过母亲穿这样一双透明闪亮的灰色长筒袜。他以前也从未注意过母亲的腿，还有其他女人的腿，这本是贴在灯箱广告柱上的广告才展示的景象。接着，他重新打量了母亲的脸，这张脸此时也让他想起广告上的图片，脸颊上有一抹玫瑰红，眉毛是修过的，嘴唇抹了唇膏——一张供人观赏的脸。

他朝窗外望去。他们坐的火车是德国铁路，世界从眼前飞驰而去——田野、树木、房屋、坡道上的汽车、站台上的人们、迎面而来的火车。有时，他早早就看见了远处的东西，看着这东西渐渐变得越来越大，然后，瞬息之间就从眼前呼啸过去了。他打量了一下这个车厢隔间，母亲身边的两个座位是空的，他身边的两个座位也是空的。他还看见两个行李网兜儿，上面大的那个兜着他们的两个箱子，下面小的这个装着路上吃的东西——面包和苹果之类的。这里还有个可以收起来的小桌板，还有暖气片，一个暖气的开关也让他看到了。他的目光总是移回母亲身上，这个他既熟悉可又感到陌生和美丽的母亲。他不记得自己曾见过母亲如此美丽，也不记得自己是否见过一位如此美丽的女性。

他等着，等着母亲能放下书，又对他微笑，跟他说话。

可她只是一味地读她的书。有那么一刻，男孩害怕起来，仿佛他是和一个陌生人坐在火车里，仿佛只有他独自一人，完全被人遗忘，迷失了方向。再后来，他就睡着了。

2

他醒来后，火车停了。母亲在睡觉，她的书放在了身边，双腿弯曲在座椅上，头和肩膀埋进了挂在窗边钩子上的大衣里。火车是临时停车。站台上，穿着制服戴着帽子的列车工作人员，挥手让下了车的乘客赶紧回到车上，车门随即关闭。火车又开动起来。

火车只是缓慢行进，外面的世界不再飞驰而去。男孩感觉，这速度就像自己翻开了一本图画书，一页一页地翻着：站在草地上的牛群，农舍，跑着汽车的街道，加油站，市集广场，烟囱冒烟的工厂。然后，列车员来了，拉开车厢隔间的门，通知他们，火车出了故障，到了下一站后，所有乘客都必须下车，等另一辆临时替代的火车，说完就把门又拉上了。

"怎么回事?"母亲刚醒，还弄不清楚情况。

男孩解释给她听。母亲点点头，弯腰亲了一下男孩的脸蛋。"这是场冒险。我们的旅行就是一场冒险。如果咱们赶不上船，今天就得住一晚上，明天一早再坐船。"

结果让母亲说中了。当临时安排的替代火车终于抵达海边的小镇时，最后一班渡船已经开走了。海滩上满是潮水冲击后留下来的淤泥和水坑，对夏日游客毫无吸引力，因此，这个海岸边也没有度假酒店。火车站边上的客栈倒是有几个空房间，但是，全然不够住下临时列车运过来的这些旅客。火车站的管理人员就把候车室打开，供人们过夜，还分发了毛毯。母亲从一开始就根本没参加对客栈客房的争夺，她环视了一圈候车室，在一排长椅后面的角落里找到一个安静的地方，用毛毯铺了一个睡觉的窝。男孩觉得一切都让人兴奋——候车室，人们叽叽喳喳的说话声、笑声，还有耳语声。能躺下睡觉的窝虽然不是很软，但也不硬。海的气味和涛声穿过打开的窗户，灌满了候车室。母亲在他身边躺下，把他搂进怀里。他的心安下来。

第二天早上，大家醒来后心情都不错，夜晚被留在了身后，火车站的餐厅里供应咖啡、面包和果酱，渡船的船长走进来向人们道早安，并宣布，船将在半个小时后启航。人们杂乱地坐在桌边。跟母亲和男孩坐在一起的，有一对夫妇，他们带着一对娴静的双胞胎女儿，还有一个面色苍白的男人，长着一头黑发，眼神严肃。男孩没有去听大人们的闲聊，他们聊着这个谁都没有事先料到的情况，开诚布公地做着自我介绍。男孩则用心观察身边的一切：这对夫妻要比自己的父母年纪大些，他们的女儿却比自己小，两个女孩子都很乖，一如她们的父母，一看就是一对老实人。那个男人跟自己的母亲应该差不多大，他总是用他严肃的眼神一而再，再而三地打量母亲。男孩想尽办法去逗那两个女孩，他冲她们挤出个假笑，眨巴下眼睛，再挑高一边的眉毛，或皱巴起鼻子。可是，这两个女孩只是安静乖巧地看着他，直到他叹一口气，放弃了自己的小把戏，这两人才扑哧笑出来。原来是她们拿他开了心。等到上了船，这一帮人又聚齐后，男孩缠着母亲带自己去参观轮船。母亲只好领着他穿过一条条走道，把船的每一层都逛一遍。他不想再看到那对老好人夫妻和他们的两个恶作剧女儿了，也不愿见到那个男人。那个男人没有去火车站餐厅的洗手间里刮胡子，这会儿，他的腮帮子和下巴蒙上了一层灰。等男孩和母亲逛完一大圈，回到原地，船也靠岸了，人们简单地道了别。

一个身着制服、推人力推车的车夫接了他们，把他们送到北海酒店。母子俩的客房是成套的两间，中间由一扇门连通，大房间里摆了张双人床，带阳台，阳台面向大海，视野辽阔，小房间里只有一张简单的床，窗户冲着边上那栋房子的防火墙。男孩心里很明白，在他们家，只要是数目大些的开销，都由母亲拍板，父亲的意见是不作数的。他以前去爷爷奶奶或外公外婆家做客，总能感受到，母亲的父母要比父亲的父母富裕得多。这次出门，他们过的不是父亲的假期，而是母亲的假期。这意味着，点餐的时候，那些他爱吃可父亲从不让点的菜，现在终于可以点了，母亲则给自己叫了杯葡萄酒。

3

这次度假为期四周。刚过去几天，他们的假日就形成了固定的节奏。九点钟吃早饭，饭后去海滩，他们在面朝大海的最前一排租了沙滩椅，他们游泳、打球，或玩徒手扔圈儿，也读书。午饭在一家小吃店吃，不是面包夹鱼排，就是烤肠。然后，两人分开，男孩继续待在沙滩上，母亲回酒店睡午觉。下午四点，母亲来沙滩上接他，两人一起去散步，他们在海滩上溜达，或穿过一座座沙丘，要么再多走走，穿过附近的村庄。男孩其实特别想骑上自行车，到狭长小岛的尽头去探秘，可是母亲的车技不高，既担心自己摔跤，又担心他，因此拒绝了他想租自行车的提议。

母亲午休的那几个小时，男孩觉得格外漫长。他找到了那对小姐妹。她们正在父亲的指导下，用沙子堆一座又费事又乏味的城堡。她们邀请他一起来堆城堡，可他觉得这是小孩子的玩意儿。独自度过了孤单的一天后，他有些后悔，可他的自尊心不允许他第二天又让那两个堆沙子城堡的姐妹看见自己，这仿佛是故意要让她们再邀请他一次似的。

如此这般，他在头几天里就只好自己待在沙滩椅上，把沙滩椅的后背一会儿放平，一会儿调直，自己呢，一会儿躺平，一会儿坐直，读着他的《汤姆·索亚历险记》，有时也拿起母亲的书翻翻。母亲在读《洛丽塔》。他发觉，这是本他不该读的书，他也不认为这本书真的那么有趣。但是，这本书散发着一股让人心醉神迷的趣味。这是一种引诱。起初，他每天都立志要抵抗住这本书的诱惑，但到头来还是没能抵抗得住。这本书改变了他看世界的眼光。他不仅去打量那些走进海水又从水里出来的成年妇女，观察她们在湿漉漉的泳衣下几乎裸体的样子，注视她们丰满的胸脯，肥硕的臀部，还有圆润的腰肢，这些女人无论走路还是蹦跳，体态上都显露出一种亢奋。而且，他还发现了女孩们的迷人之处，她们将要长成女人，可又没成熟。几天后，好奇心驱使他再次去找那对姐妹，她们依然在跟随着父亲堆沙子建城堡。瞧，她们已经长出了小小的胸脯，奔跑起来也跟男孩不一样了，腰肢和臀部都飒飒生风。是呀，她们愿意跟他从沙丘上一起往下滚，跟他一起下到海里。她们玩堆沙堆实在玩腻了。

可是，她们的父母却不愿意让她俩跑到自己目力不及的地方去。她们可以去滚沙丘，可以下海玩水，可以找一个地方玩“气死你”的游戏，只是，无论玩什么，都必须在父母的视线范围内。开头几天，他们有一次跑远了，一个下午不见人影，可把她们的父母担心坏了。

有一次，站在一个沙丘之上，男孩发现了一个低洼处，三人站进这个沙坑里，他们既能看见女孩的父母，父母也能看得见他们——当然，是在孩子们身体站直的时候。这个沙坑还能挡风，而且，待在沙坑里还防晒，不过，孩子们已经扛晒了，不介意防不防晒这件事。犹犹豫豫好几次之后，那对父母明白了，孩子们需要自己的地盘玩耍，终于同意让他们待在那个沙坑里玩了。

4

他们在沙丘上奔跑、翻滚，在水里玩逮人，直到筋疲力尽。现在，他们第一次在大人午休的时候待在沙坑里。两个女孩躺一边，男孩在她们的对面躺着。一个女孩肚皮朝下趴着，另一个女孩仰面朝天，他的两条腿伸在两个女孩中间。男孩感到累，是一种舒舒服服的乏力，他感觉着自己的身体在吸收太阳的热力，被这热力充盈起来。他一动也不想动，可是，他的身体内部却有东西在动，是渴望，是牵引，他不知道这种感觉会把他带到何方，引向何处，不过，他很清楚，这种感觉跟女孩子们有关。他觉得，他的腿感受到了她们的腿。

“你干过那事吗?”仰面朝天躺着的女孩坐起身来，用胳膊肘撑着上半身，问他。她叫什么来着，莫妮卡还是碧姬特?他实在分不清这对双胞胎。

“什么事?”

“接吻啊。”

他脸红了。“你是指……”

“我的意思是，那种真正的接吻。”

趴着的女孩转过身，坐了起来。“别装了，装得好像你知道什么是真正的接吻似的。”

“就是用舌头呗，两个人都得把嘴张开，把舌头伸出来。”

另一个女孩笑了起来，把嘴张开，把舌头伸出来。“是这样吗?”

“接吻是没法儿一个人干的。所有这种事情你都没办法一个人去干。”她把身子转向男孩，“你见过女孩长什么样儿吗?”

他的脸更红了。“女孩嘛，我，我当然那个……”

“我再说一遍，是真正的看见过，还摸过的那种。”

男孩看看这个女孩，又朝另一个看了两眼，有些糊涂了。

“要不咱们让他看一下?”

“如果他也让咱们看的话。”

两人不等他表态自己是不是也愿意让她们看，就把泳衣从肩头撸到腰间。两人互相对视一眼，下了决心，绷直身体，把泳衣从臀部褪到膝盖处。起初，男孩的目光跟着泳衣，从肩膀到膝盖游走，然后，他的目光停留在那纠成一团的湿漉漉的布料上。再然后，他抬起眼睛，想打量女孩子们的乳房，尽管他不是很确定，在胸脯那个地方，是不是有小小的乳房长出来，还是根本就还什么都没有。他好像被施了魔法，抬起手来。女孩子们嘻嘻笑了起来，岔开了双腿。男孩看见了晒成棕红色的两腿中间那一块白色的三角区，看见了一道缝，那个地方有些往外鼓。他想起好多年前曾看见过他姐姐的这副样子，他当时对此可是毫无感觉。而现在，此情此景让他兴奋起来。这是严禁去做的事，秘密的事，有些魔法味道的事，这是绝不能做又认定要做的事。他深受诱惑，可又搞不清楚，被诱惑了去做什么。他把手耷拉下来，想去摸其中一个女孩的白色三角区，但强忍住没动。

“现在该你了！”

他把泳裤褪到膝盖上方，叉开两条腿，展示出自己的生殖器。其中一个女孩抓住他的阴茎，扯了一下，另一个女孩也模仿着照做了一遍。他合拢上双腿。当他想把泳裤重新往上提时，一个女孩对他说：“那个男的就是这样趴在你妈身上的，光着屁股，泳裤褪到了膝盖上。”

“什么？”他没听懂。

“就是那个男的。有次我们在沙丘里跑丢了看见的。他们俩躺在一块儿，他压在她身上，两人都哼哼地喘粗气。”

他摇头，摇啊摇，摇得停不下来。他站起来，晃了晃身子，把泳裤提上去，顺着沙丘一路小跑下去，把沙丘甩到了身后。

5

他没有跑回沙滩椅，而是朝另一个方向跑，那一侧的沙滩没人管理，沙滩的一些设施散乱地堆放着，有一群年轻人跟着手提收音机里放的流行音乐在唱歌。他继续往前跑，直到那些流行歌曲听不见了为止。他一屁股坐到了沙子上。

当他和女孩子们互相展示身体的时候，他丝毫没有感到害臊。现在，他被羞耻感占据了，他为自己，为女孩们，为母亲，为那个男人深感羞耻。他们所有人做过的这种事情，这会儿都让他觉得大错特错，肮脏无比，丑恶难堪。

那个男的。那个他在早餐时见到的男人，在船上躲着不想碰到的男人？那个眼神严肃，从脸颊到下巴越来越发灰的男人？那个总是盯着他母亲看个没完的男人？还能是谁呢？自从上了岛，他就没再见过这个人。他住在哪儿？跟他们住同一个酒店吗？母亲和他是趁自己睡着了在幽会吗？此时此刻，他们二人正在沙丘里相会吗？母亲跟之前那两个女孩一样光着身子吗？那个男的也光着，跟之前的自己一样吗？

他无法想象那个男人的样子，尤其不能去设想母亲的样子。他从来没有在父母的卧室里误打误撞看见过什么，从来没见过父亲趴在母亲身上的情景，也从来没听见过父母二人的呻吟声。现在，他也不想知道这些。然而，他知道，他父母之间做这种事，是正确的，他母亲和那个男人做这种事，就是错的。他们为什么要干这件事？他能问问母亲吗？他能把那两个女孩和他的事讲给母亲听吗？如果他不去问她，也不讲给她听，那么，他还能怎么跟母亲说话呢？

是时候了，该往他们的沙滩椅走了。他没有手表，但他能感觉到，什么时候是下午四点。他站起来，拔腿走，很慢，很迟疑，一会儿蹚水，一会儿踩沙子，走一会儿停一会儿，因为他不是看见一个贝壳，就是发现一颗被打磨得特异的石子，要么就是碰到了水母或是别的什么东西，尽管所有这些都没使他产生真正的兴趣。他其实是在动脑子琢磨，他到底应该怎样面对母亲。可他终究还是不知道，他应该怎样表现，他应该从哪里开始琢磨，应该选择一个什么方法来达到自己的目的。如果他跟母亲摊牌的话，母亲会做出怎样的反应呢？他一无所知。

他经过那个沙子堆成的城堡，那位父亲一个人在堆沙子，两个女孩不见人影。“你之前怎么跑掉了？”

“我，我得小便。然后我还想去后面那片沙滩看看，看那个地方是什么样儿。”

“莫妮卡和碧娅特还在上面玩呢。”父亲把头朝沙坑的方向甩了甩。

“您能把她们俩区分开来吗？”

“莫妮卡三岁的时候摔了一跤，她脖子上有一个小疤，在这个地方……”父亲用手指了指左耳朵下方脖子的位置。

男孩心想，他不能让女孩们简单地认为，他逃跑了。可是，他又不想让自己再一次脸红。“那我先走了。”

6

他远远地就看见了母亲。她朝他迎面走来，笑盈盈的，兴高采烈，步履轻盈，太阳镜插在棕色的头发上，白衬衫敞开着，白短裤罩在深红色的泳衣上。“你原来在这儿啊！”她把他搂进怀里，在他头上亲了一下。

以往这时候，他总会问：“你睡得好吗？”现在，他实在说不出口了。可他也不能张口问“你跟那男的怎么样啊？”，也没办法问“你好不好？”，他什么都说不出来。“我跟那两个女孩儿玩来着。”

“咱们要不要跟这一家人共进晚餐呀？”

难道还要把眼神严肃、腮帮子发灰的男人也叫上一起吃饭？他没把这个想法说出来。

“你觉得这个主意怎么样？”

他仿佛看见这两个女孩就坐在他面前，她们每看一眼母亲，两人都会互相捅一下，哧哧笑几声，要不就是拿手捂着嘴巴偷笑。不行，一百个不行，坚决不能坐一起吃饭。“我觉得吧，他们想自己待着。”

“还是问一下吧。帮我给他们带个好。”看他不作声，母亲又说：“是不是要我过去一趟？”

“不用，我等会儿去问吧。”

然后，两人就坐在沙滩椅上，和平时一样，可又和平时完全不一样了。要是在平时，他读《汤姆·索亚历险记》的时候，看到特别逗的地方，或是给他惊喜、让他兴奋之处，他都会拱拱母亲，给她把这段朗读一遍，他们就聊上一阵子。他读书的时候，每每抬起眼睛，打量周围的人呀狗呀。有的人在放风筝，有的人把玩具帆船放到水里，他看见了，就会把他觉得有趣的事情指给母亲，要她也看。他会管母亲要一瓶果汁，要个苹果，或要块饼干。再过一会儿，他会拱拱母亲，问她：“你跟我一起下水吗？”

现在，他沉默寡言地坐在她身边。他知道，这样做不正常，于是就试图假装完全沉浸到书本里去。母亲跟他说话，他连眼睛都不抬，不去看她，回答得吞吞吐吐，好像他跟那本书一刻也不能分离似的。直到最后，母亲问他，要不要一起下水泡泡，他则一跃而起，跑进海里，一阵扑腾，对母亲不闻不问，然后，独自一人返回沙滩椅，等都不等母亲一同归来。

母亲会不会以为，一切如常，只是他有些心不在焉，心神不定，注意力不集中？他不知道，母亲心里会怎么想。他只知道，他无法做出其他的表现。他察觉得到，母亲发现事情有些蹊跷，她可能有点担心。但她并没有问他什么。

7

直到他晚上躺在床上，母亲跟他道了晚安，才开口问他："我的大小伙子，有什么情况吗？"

"你指什么？"

她笑了，笑容里充满了暖意和爱意。她用手抚摸了一下他的头和脸颊。"你心里知道的。不过呢，你要是今天不想说，我就明天再问你吧。"

接下来会如何？男孩知道，他顶多还能撑得住一天，但肯定撑不过两天。那些等到了后天也反正要讲的话，索性今天就说出来罢了。“她们看见你了。那两个女孩。看见你跟那个男的。在沙丘里。”

几十年过后，当他回想起那个夏天，他还是弄不明白，母亲怎么会做出那样的反应。她本来可以假装反问“她们看见什么了呀?”，再摇摇头，用点迷惑不解和嘻嘻哈哈的神情进行反驳。而他则可以放下心来，不再去想这件事了。可母亲没有这样做，而是问道：“她们俩是怎么想起来要跟你说这个的?”

“她们……呃……我们……”他本不愿意向母亲交代他和女孩子们在沙坑里干的那件事。可是，他感觉得出来，在这一刻，他和母亲之间是不应该有谎言的，母亲是不会对他撒谎的，那么，他也不应该对母亲撒谎。这就好像是，横在他和母亲之间的一堵墙崩塌了，那是一堵权威之墙，年龄之墙，性别之墙。于是，他就跟母亲说了他们做的那件事。

“你感觉好不好?”

“好是好，可这是错的。”

“错的?”她看他的表情严肃起来。“在女孩和男孩之间感觉好的事情，是不会错的。脱衣服没有错，互相打量也没错，彼此触摸也没错。”她微微一笑，“有那么多需要去发现的事情，女孩子们身上有很多可发现的，你自己身上也有很多可发现的，还有，跟女孩子在一起相处也有很多可发现的，有那么多美妙的东西有待发现。这有什么错呢！”

“那你和那个男的呢？”

“那也是很美好的，非常美好。”她的眼神从他身上游离开来，梦幻起来。

他变得小心翼翼，不敢打扰她的梦。然而，他还是问了一句：“那爸爸怎么办？这些好事儿可就不是他的了。”

母亲的目光又回到他的身上来。“还是他的。等我再见到你爸爸，又会变成跟他很美好，而且只跟他一个人。可是，现在我在这个地方，在这里也是美好的。这个男的……他尤其让我想起……”

“想起谁？”

“在战争中阵亡的一个人。那时，我们俩刚刚认识一个星期，部队医院就转移了，他被命令往东行进，我被命令往西转移。我们俩之间没有做那件事，那件美好的事。当时大家都很忙，而且挺腼腆的。”母亲微笑着，又进到了自己的梦里，“现在我们还能做。”

8

由于不必再隐瞒跟那个男人的亲密关系，母亲身上发生了些变化。她走路的姿态变得轻盈潇洒，她的面部表情变得宽容大度、勇气十足。当她用手势来表达或解释一件事情时，有时，她会打翻一个花瓶，有时，又会碰倒桌上的一只酒杯。这时她就放声大笑，她的笑声好似一阵欢呼。哪怕她只是在聊家长里短，她的声音里都带着激动和情感的大起大落。她的脸熠熠生辉，眼睛光芒四射，男孩从没见过母亲如此明亮。

他也从没领略过，母亲会如此温柔。他们一起走路时，母亲会经常搂着他，两人站在沙滩上或泡在海水里，母亲会拥抱他，还时不时亲亲他，亲亲他的头发、他的肩膀，也亲亲他的嘴，就这么亲一下。男孩有些感动，这份温柔，跟母亲之前对他表达的，还有他外婆和各位阿姨给他的、让他习惯了的那份温柔很不同。之前是大人对小孩的居高临下的那种温柔，而母亲现在的态度里，是带着尊重和细心的。

天气变得炎热了。气象学家们说会有一股大热浪来临，夜晚将会潮湿闷热，森林和田野可能面临火灾风险。岛上应该没有火灾的危险。不过，热浪给岛上铺了一层绵软温热的泡沫，一切都随之缓慢下来——酒店的工作人员和客人慢了下来；岛上是不通车的，负责岛上人员交通和货物运输的马匹也慢了下来；狗和猫躺在阴影里一动不动，直到阳光射到它们的地盘，它们才挪窝。海滩上没人堆沙子城堡了，也没人嬉闹玩耍了，人们躺在沙滩椅上，或者躺在椅子投下来的阴凉里。

母亲也变得慢腾腾的了。她的动作里，带着一股子沉重劲儿，一股子懈怠感，男孩没见过母亲有过这副模样，他挺喜欢的。就连母亲对他的温柔，也带上了这份沉重和懈怠，弄得他觉得自己似乎能瘫倒到母亲身上去了。有一次，当母亲在下午四点回到他身边时，她身上带了一种他没闻过的气味，他觉得好闻，就问母亲这是什么气味，母亲摇了摇头，他就再也闻不到这个气味了。她还是会撞桌子，或者把桌子上的东西打翻，她还是会对此哈哈一笑，笑里带着惊讶和自在。

有那么几次，男孩尾随母亲，看见她和那个男人在村子后头打招呼，然后朝沙丘走去。三个小时以后，两人回到原地，就此别过，母亲从男人的怀抱里脱身出来，把那个人独自留下。

男孩每天都去找那对姐妹玩。莫妮卡和碧姬特的区别，可不仅仅在脖子上的那一小条疤痕。莫妮卡要比碧姬特动作快，好奇心更重，也更加顽皮。她瞒着父母去偷了一把遮阳伞。这样一来，他们就能扛得住烈日，在沙坑里也躺得住了。但是，他们的身子滚烫，头脑发胀，如果姐妹中的一人或者是男孩提议“想不想?”，其他二人就会马上兴致勃勃。他们把衣服脱掉，互相打量、抚摸，有时候也试试接吻，那种真正意义上的接吻，不过，他们都觉不出接吻有什么美妙之处。他们只是觉得很舒服，从自己的身体和他人的身体上，都享受着一种舒服劲儿。这种舒服里，完全没有什么性高潮，也没有什么从头到尾的完整过程，而只是一种感性的感官愉悦罢了。

母亲的温柔，女孩子们的抚摸，还有把男孩烤透了的太阳，以及把他通体浇灌的幸福感，构成了这个夏天，一个充满感性欲望的夏天，这个夏天不仅留在了他的记忆里，还滋养了他的渴望。他对每个女人的爱恋里，这种渴望都无时不在。爱情支撑着他的生活，一如在那个夏天，感性欲望自始至终陪伴着他。

9

是啊，母亲说得对：只要是感觉美好的事情，就不会是错的。过去了很长时间后，他问自己，假如那个夏天他是跟父亲度过的，是父亲有了外遇，那么，那个夏天里的一切还会是对的吗？他当然不会去告密，就像他没有出卖过母亲。不过，如果是父亲有了外遇，他不会去母亲那里告密，为的是不惹母亲伤心。而他没有把母亲的外遇讲给父亲听，倒不是为了不惹父亲伤心，而是为了保护母亲。这样看来，难道母亲的外遇比父亲的外遇更具正当性吗？

酷热的天气过去了，男孩和母亲离岛的前几天，气温下降，天气变冷了，雨也下了起来。而且，一天接一天地下雨，母亲和那个男人没法去沙丘相会了，改为在咖啡馆碰面，直到有一天，母亲请男孩在中午时分去一趟公共图书馆，好把房间留给母亲和男人使用。离岛的那一天，男人把母子二人送上船，他哭了，而母亲情绪稳定，几乎开朗起来。

母亲怀着开朗的心情回到了家。男孩发现，母亲和父亲的相处，跟之前毫无二致，跟这个夏天到来前的日子一模一样。母亲又完完全全是父亲的了，只属于父亲。一天晚上，母亲给了他一个晚安吻，他问，那个男人是干什么的，母亲想不想念那个人，会不会再跟那人见面，母亲摇了摇头。她对那个男人一无所知，也不想了解他什么。原来，一个人可以如此简单地从他母亲的生活里消失，原来，一个人可以如此简单地从另一个人的生活里消失——这个想法让男孩有些害怕。但是，更让他心烦意乱的是，他总梦见碧姬特，还有他们二人在梦里做的那些事情。从梦里醒过来，他的裤衩湿漉漉的。后来，他又梦见了他班上一个叫黑尔佳的女生。

母亲去世后，他在母亲比德迈风格的书桌暗格里，找到了那个男人的一沓信件。开头的几封被母亲拆开了，信中满是爱恋与痛苦，男人哀求母亲与他重逢。后面的那些信母亲都没有拆封，邮戳显示，有的信是那个夏天过去了好几年后寄来的。他也没有拆开这些信，他原本打算日后某天打开来读，又打算原封不动地烧掉了事。他还想搜索一番，找出那个男人是否在世，把他的信给他寄回去，或者跟那个男人约了见面，要不，也可以再去一次那座岛。

自从那个夏天过去后，他再也没有去过那座岛。父亲去世后，他陪母亲做过几次短途的旅行。他们去了意大利的威尼斯、德国博登湖地区的美瑙岛、柏林附近的布拉尼茨公园、德国萨克森州的慕斯考湖区，还去看过联邦园林展。他也问过母亲，是否还想再去一次那座岛。母亲坐在他的对面，那个比德迈风格的扶手沙发椅是她晚年喜欢坐的地方，她坐在那里读读书，听听音乐。“那座岛，”她说，“那座岛啊。”然后她微微一笑。“你还记得我的那条灰色连衣裙吗，小圆领的，扣子很多，长袖，我在去的路上穿的那件？那条裙子还一直挂在我的衣橱里呢。”

丹尼尔，我的哥哥

1

他的哥哥和嫂子的死讯传到了美国，他住的地方。侄女给他打来电话，还没等侄女往下说，他就已经知道，他的哥嫂是自杀身亡。

“他们是自杀的。”侄女说。他的哥哥名叫克里斯蒂安，家里人都叫他克里斯。他在家里的浴室地板上给自己和太太迪娜搭了一个小火堆，把门堵死，把木炭点燃，两人都服了安眠药，睡过去就再也没有醒来。在浴室门外，克里斯挂了一块小牌子，防止有人毫无准备地推门进去。他的侄女住在离父母家只隔几条街的地方，每天都去看望父母，这天看到了门上挂的牌子，立即明白发生了什么事。“他们说过这事儿，我也预料到他们会自杀。可是，我曾希望，他们还会过一段时间的，会给自己和我们再留些时间。”

电话里，他侄女的语气中带着一种爽朗的坚定，这让他起初有些迷惑。然后，他想起来，侄女是一位护士，一位有爱心、有行动力的女士，于是他给自己解释，侄女可能学会了在遇到死亡事件时，要勇敢面对需要做的事情，确认死亡，找来医生，通知各行政部门，打电话告知家属。至于追悼会何时举行，她尚不得知。

放下电话后，他继续坐在书桌边，眼前出现克里斯和迪娜的家，进门后的过道，通往钢琴房的走廊，浴室的门，浴室内部。克里斯和迪娜在洗脸池、浴缸和马桶之间并没有多大的地方可以去寻死。不过，也许他们二人紧紧拥抱在一起入睡，这样并不需要多大的空间。

克里斯有时候会跟他聊起自杀这个话题。他们兄弟俩都是瑞士“出口”组织的成员，这是一家帮助自杀的组织，曾经帮助过他们的姑姑和姑父完成自杀。然而，要想获得“出口”组织的帮助，就必须去瑞士。烧一堆木炭，就可以在自己的家里自行了结。他的一位女友跟他讲过，她的教女是如何用木炭自杀的，他呢，也在报纸上读到过，有年轻人下雨天在花园小屋里用木炭烧烤，结果出事身亡。这种死法让他感觉平静，这应该是一种很容易做到的告别人生的方法吧，他就讲给了克里斯听，却完全没有料到，这二位匆匆忙忙就践行了。

迪娜已经生病多年了，遭受着剧烈的疼痛，要服用很强效的止痛药。这些药片让她的专注力和记忆力都严重下降。然而，她就坐在她的沙发椅里，用一种忧郁的放松感忍受着自己的处境，还开玩笑说，终于可以读自己心爱的书了，可以一遍又一遍地读，每读一遍，都跟读一本全新的书一样。而克里斯呢，一想到克里斯，全是他健康有力、积极向上的形象，从来没有过别的样子。克里斯全心全意地照料迪娜，也从没给人留下过力不从心、受不了，或做不下去的印象。

两人的钢琴房边上，就是客厅兼餐厅，每到夏天，他们家四个兄弟姐妹就在那个屋子里聚会。今年也跟往常的每年一样：他们先待在迪娜那边，围着茶几，坐在沙发上，接着，喝完一杯开胃酒后，转移到餐桌边，吃克里斯煮的意面。克里斯话多，他就是一个家族逸闻趣事的聚宝盆，有他记忆中的事，也有他杜撰的情节，总之他讲得活灵活现，妙趣横生。今年的聚会，他是否没有那么开心？或者，他们夫妇二人都没有那么开朗？为什么短短几周之后就自杀了？要么就是，他们格外地开心，因为他们内心已经决定了一切，已然放下了人生的重负？这让他想起他跟他妻子在一起度过的最后几天，这之前他们二人终于决定离婚了。

他的目光从书桌移到窗外的一片大草坪，草坪之后，是一片秋天的树林，树叶的绿色里已经掺杂了黄色和红色，一团绚烂。树林之后是群山，离得最近的山是碧绿的，后面一层是青黛，最后的山体变成了灰色。最后一组山峦的浅灰色跟同样浅灰色的天空接上了，渗透进去。多像一幅画，他想，多像一位画家创作的作品。他很奇怪，自己以前怎么从来没有过这样的想法，他扪心自问，今天有这样的念头来造访他，是否跟克里斯是艺术史学家有关呢。关于他和克里斯在一起的最美的记忆，都是和克里斯一起逛美术馆，看展览，聆听克里斯在展览上做简短演讲——对画作的讲解，打开了他的眼睛，让他的心兴奋不已。这样的美事再也不会有了。

就那么一下，失去哥哥的悲痛击中了他。在接下来的几天和几个星期里，在他被回忆唤醒的时刻，想问问题又永远得不到回答的时候，由受伤和失望引起的愤怒，因两人之间缺失的亲近产生的悲伤，所有这些心绪之间，总有痛苦一次又一次袭来。有时候，他感觉到它马上要来，有时候，他毫无准备，被痛苦狠狠一击，就像头一次那样。

2

他的女友叫他了，他们原本约好了一起开车去附近的小城。他这才把克里斯和迪娜的事告诉她。她把他拉进怀里。“别生他的气。迪娜撑不下去了。而他呢，没她活不下去。”

别生他的气——他搞不懂这句话。直到他想起女友发过的那次脾气。她的一位女性友人，被丈夫欺骗和抛弃后，把自己和小小的儿子都杀死了。没有，他没有生克里斯的气。不过，没有迪娜，克里斯就活不下去了吗？或者，是他不忍她一个人独自离去？他有没有考虑过，让迪娜一个人躺在浴室的地板上独自等待安眠药起效？再或者，让迪娜独自躺在地板上，她已经在安眠药的作用下昏睡过去了，他呢，并没有服下安眠药，只是把她抱在怀里，此时把胳膊从她的身体下抽出来，小心翼翼地站起来，点燃木炭，偷偷溜出浴室……他越是在脑子里具体地把各种可能性上演一遍，越是清晰无比地知道，其他的可能性其实都不存在：他不可能让她独自上路。也许一切都混合在一起，不能让她独自上路和没有她就不愿活下去的混合。都八十岁了还要开始一段新的人生，一段没有爱妻陪伴的孤独人生——他们的姑姑和姑父也自杀了。他们必须离开自己的家，搬进养老院去住。他们没有让自己去开始这样一段新的生命旅程。

他很高兴，在他女友的怀中，这些思绪来到他的脑中。这些思绪也碰撞到他越来越经常给自己提出的问题：他要为自己越来越厉害的健忘担忧吗？他应该去检查自己身上是否出现了早期老年痴呆症状吗？何时是向生命告别的正确时刻？女友的双臂搂抱着他，他依偎在她的胸前，贴着她的小腹，有种很安全惬意的感觉，他在一种柔软轻松中做着这些思考。他的头枕在她的脖颈和肩头的部位——多安稳啊，他想到，感觉自己就像一匹马，马就是这样，总喜欢把自己的头枕在另一匹马的脖颈上。

“咱们还是留在家里吧？或者，你想不想一个人待会儿？我可以一个人出去买东西。”

“别，”他从她的拥抱中脱出身来，“咱们开车去吧。”

他们从孤零零立着的房子出发，一路上山峦起伏，此时正是这座小城著名的“印第安夏天”，就是树叶的颜色最绚烂缤纷的时节。他喜欢这座小城，街上是低矮的两层小楼，屋顶的围栏装饰得很好看，许多木桩和电线沿街一路排下去，车子开得很缓慢，在每位步行者面前都会停下来，超市的入口很开阔，电影院有三个小影厅，还有几家不错的餐厅。自从几年前他帮他的女友在这里找房子、买房子以来，这里就给了他一种故乡感，也许只是因为他喜欢熟悉周围的环境，而他现在已经跟此地熟悉起来了。即使在迪娜还能旅行的那些年，当他们兄弟姐妹不是每年都到克里斯家聚会，而是在每家轮流相会的时候，他就知道，这座小城永远不会成为他们的聚会之地。他又何尝不希望他们来呢？他多期望，在一个变成了他的世界的地方，来欢迎他的哥哥和姐妹们，来招待他们，领着他们在小城里四处转悠。

他们在超市前的大停车场停了车，然后一切就一如既往——买东西、付钱、装车、开车回家、卸货、整理归置买的东西。可是，这些事让他觉得特别累，干完活后他就上床睡着了。他醒来后，发现他的女友躺在他身边，正看着他。

“我也搞不清楚我是怎么回事。出去买趟菜就累成这个样子，真是可笑。”

“不是出去买菜的原因。是克里斯和迪娜的死。”

他思考来思考去。工作的确会让人累，可他也没有深入到哀悼的工作中去，因为他不知道，他该怎么进行哀悼。他也没有深入到追忆的工作里去，因为他认为，回忆是不可求的，人无法和记忆携手工作，而是记忆说来就会自己来。他的脑子里尽是“再也不”——他再也见不到这两位了，再也不能蹲在迪娜的沙发椅旁边去问候她，再也不能跟克里斯同站在一幅画前，再也不能跟他们俩一起坐在桌边……当他去想些别的事情，比如他的写作，他的花园里要干的活儿，他返回德国后等着他去完成的任务，想不了多久，“再也不”的念头就又回来了，就像一丝冷风掠过他的身体。

“死亡是冰冷的，身子发冷就让人疲乏。”他朝他的女友靠近了些，近到他们只能互相看到对方的眼睛。“你在这儿真好。你的身子是暖的，真好。”

她对他微微一笑。

“我不相信克里斯离了她没法活。我相信，他是无法让她独自离去。”他把克里斯做的事告诉了他的女友。“迪娜太虚弱了，没有能力独自做好一切准备，并且执行这些步骤。她需要他。而他无法为她做好一切准备，然后把她一个人留在地上躺着。她是不是不希望他这么做呢？这事若发生在我身上，我就不愿意你跟我一起离去。可是，我也无法让你一个人独自离去。”他说得结结巴巴，对说出的话反复掂量，欲言又止，可又还得说出来。他要让他的女友知道，他的心里有哪些煎熬在翻腾。

“再睡会儿吧，”她搂住他，把他拉到自己怀里，轻轻摇晃着他，“再睡会儿。”

3

第二天，回忆涌了上来。其实在夜里回忆就放出光芒，出现的方式既不是图像，也不是过去的故事。回忆是作为惊吓出现的——走丢的惊吓感。睡梦中，他到一个城市里做客。他出了酒店，沿着一座桥奔跑，来到一座庞大的建筑物前面。这是一座十九世纪的建筑，有突出于墙体的飘窗和小尖塔。大楼的中央高耸出一个圆顶，下面是一个圆形的大厅，有许许多多的门，开动的有轨电车可以穿过这些门。四处人潮涌动，一切的一切都是模糊不清、混乱不堪的一片动荡。他想返回酒店，可是，当他穿过一扇门走到楼外面时，他看不见他来时走过的那座大桥了。他发现自己置身于峡谷般的街道上，绝望地来回走动，绝望地继续找寻。梦醒后，他立即知道，这只是一场梦而已，但是走丢的绝望感并没有离开他。他想起了很多很多年前的一个星期天。

他的哥哥那时十一岁，而他六岁。哥哥刚从达沃斯回到家里。因为患有哮喘，哥哥在达沃斯的姑妈家里住了三年。大人让哥哥带着弟弟去参加教堂里举办的儿童礼拜活动。在去教堂的路上，兄弟两人手拉着手。他很喜欢跟大哥的亲近劲儿，每次跟哥哥分别他都会哭，哥哥不在时他想他，哥哥快回家时他别提多快乐了。到了教堂后，他跟哥哥被分开了，因为他年幼，被安排到小教堂里，跟那些被称作“小羊羔”的小孩子一组，那些小孩子还不够参加儿童礼拜活动的年龄。一切都变得十分可怕：跟哥哥分开，担心在活动结束后找不到哥哥，或者哥哥找不到自己，跟一群不认识的小孩子尴尬地待在一起——既没跟他们一起上过幼儿园，也不是同一所小学的，真不知该怎么相处。他觉得自己走丢了。

后来怎么样了呢？等一个小时的活动结束后，他又看见了哥哥，于是就放下心来了？或者，他一直没能从走丢的感觉中挣脱出来，一路上哭着拉着哥哥的手回了家？他是怎么跟母亲讲述的，哥哥又是怎么告诉母亲的？无论如何，他再也不必进那所小教堂，跟那群“小羊羔”待在一起了。

另一些情景也从记忆中浮现出来，他和哥哥一起出门，虽然不再牵着哥哥的手，但是对哥哥充满依赖和信任。他们两人一起去买东西，一起用手推车把废纸运到收集站，一起去动物园，一起在城外的山上溜冰滑雪。他还记起，有次他过生日的时候，哥哥在树林里用树枝给他搭建了小棚子。还有那些印第安小人和牛仔小人玩具，那是他和哥哥共同拥有的，也是两人一起玩的游戏，哥哥每次都分给他一半的小人儿，他总觉得自己多占了些便宜。还有那些洗干净的绷带，每次睡觉前哥哥要把发炎的双手缠好，因为他得了湿疹。兄弟两人共用一个房间，床挨着床，入睡前，两人要道好多次晚安，直到入睡为止。

哥哥最后一次带他出去玩，是有一天下午到他朋友家的花园房去。哥哥和他的朋友要在那里玩什么？哥哥为什么带上他？是不是大人给哥哥派了任务，要他照顾弟弟？他们在花园的一侧发现了一个特别大的马蜂窝，他们捣毁了蜂窝，刚开始只是淘气玩玩，可是很快就变成了一场搏斗，又激烈又苦涩，是男孩斗黄蜂，也是两个大男孩之间的角力。他觉得自己被排斥在外，尽管他也可以朝蜂窝扔一块石头，也可以抄起板子去拍马蜂，并且起初确实这么做了。之后，他就坐到一旁观战，却成了唯一一个被马蜂狠蜇一口的人。

那时，他已经上文理中学了。当他还在上小学时，哥哥愿意跟他一起玩，可当他跟哥哥上了同一所中学后，哥哥却跟他保持距离了。之后过了没多久，哥哥就去上舞蹈课，交了女朋友，不停地出去聚会，进入了另一种生活。他们兄弟俩还是共处一室，但是，哥哥尽量只在里面睡觉。哥哥还是在家的，他拉大提琴，练习巴赫的组曲，一丝不苟地练习着，只练习这个，持之以恒，而弟弟呢，一天接一天地听着这个曲子，它简直就变成了克里斯组曲。

记忆是一条河，各种回忆是河上的一只只小船，我们一旦上了船，就被河水带着一往直前。在各个故事里，画面出现了。那个废纸收集站是城市尽头的一个大院子，废纸被压成一捆捆的，此外还有一筐筐的破布条、成堆的锈铁和漏了气的轮胎叠放起来，在炎热的夏日里尘土飞扬，这可能跟他们总是在夏天去那个地方有关。滑雪溜冰的地方，是一个大山坡，木制的跳台歪歪扭扭，像随时会塌似的，全城的滑雪溜冰爱好者都拥挤在那里，不等春天的绿草露头大家都舍不得离去。还有那个堡垒，是哥哥跟他玩印第安人和牛仔的游戏时，哥哥用刀把木头箱子削了搭成的。他们兄弟俩共用的房间里有一个黄色的瓷砖取暖炉子，一个柜子，左右两边各一张折叠床，还有一张桌子，不大不小正好能摆在两张床之间。这些画面在他记忆的哪个地方沉睡了这么多年？为什么留下来的正好是这些画面？为什么他的记忆明明知道，他和哥哥做过一次为期两天的自行车旅行，但是却没有留下任何其他的细节——什么时候出门的，目的地是哪里，连一个画面都没有保留。

在他还上中学，而哥哥上了大学只偶尔回家的那段时间里，他只记得两人一起做过一件事。那是十月的一天，他们俩到城外去爬山。他记得，他们俩先是捡了些掉在地上的栗子，敲开了几颗，然后去了森林小酒馆，给迪娜寄了一张明信片。克里斯和迪娜那时已经订了婚，之后他们很快就结婚了。他的眼前，出现了哥哥婚礼的画面、他们的孩子洗礼的画面、家庭聚餐的画面。如果他正好到哥哥家附近办事，就会过去看哥哥。

十月的那天雾蒙蒙的，这点他还记得。从森林小酒馆往下看平原，最远能看到莱茵化工厂的那些冷却塔。就像这种雾蒙蒙的天气，他的目光、世界的颜色都蒸汽般消融在里面，随之消融的还有声音。记忆中一切都是安静无声的，他们在无声中爬山，在无声中坐在森林小酒馆的花园里，坐在桌边的椅子上，桌椅都是褪了色的。他们有点冻着了。然而，环绕房屋的薄雾，也缭绕在树丛中，飘浮在平原上，变成了一个秘密，一个关于这一天的魔法，克里斯和他都想细细品味。他们肯定你一言我一语聊了不少，可是他想不起来他们聊了些什么。他记得那团薄雾，他感觉哥哥消失在那团雾里，把他一个人留在雾的外面。于是，他想起了他做过的那个梦。

4

他接到侄女打来电话的两三天后，有一次开车的时候，他听到收音机里播放了英国歌手埃尔顿·约翰唱的一首歌，名叫《丹尼尔》。他正在从小城返家的路上。他出来购物，不是因为家里缺了什么东西，纯粹是他想从家里出来，出来透透气，换换脑子。“丹尼尔，我的哥哥……”这首歌简直揪住了他的心，他不得不靠着马路牙子把车停下来。

歌词他似懂非懂。丹尼尔飞往西班牙，他将死去，或者他已经死去，成了天上的一颗星——无论如何，他做了告别，而他的小弟弟非常怀念他，他实在太想念哥哥了，“Oh, I miss him so much.”（啊，我是那么想念他。）。他目送着跟他挥手告别的丹尼尔，那架行将起飞的飞机，闪烁着红光的信号灯——他看着，隔着一层纱，那层纱是他的泪水，要不就是他的梦境。可以确定的是，他是那么思念他，“Daniel, my brother.”（丹尼尔，我的哥哥。）。

这就够了。对于歌词他不需要理解更多了。就连他最爱的诗，他都拒绝百分之百地去解读，也正因为如此，他反而更愿意一遍又一遍地去读那些诗。他非常想立刻再听一遍这首歌，可他能做的，只是把收音机赶紧关掉，千万别让下一首歌挤上来。他就那么坐在车里，脑海里回响着：“Daniel, my brother.”（丹尼尔，我的哥哥。），“Lord, I miss Daniel.”（老天啊，我想念丹尼尔。），“Daniel, you're a star in the face of the sky.”（丹尼尔，你就是天空中的一颗星。）。如果他没有忘掉怎么哭泣，他此刻一定哭得一塌糊涂。他经常渴望自己能哭出来。他渴望着，悲伤能化作一股潮水，从他的胸腔里喷涌出来。

回到家里后，他在视频网站上找到了这首歌，一遍又一遍地听，一直听到他的女友来到他身边。她坐到他椅子的扶手上，一只胳膊搂着他的肩膀。

“这不过是一首歌罢了。但是，它把我的心搅得很乱。我真希望我能把眼泪哭出来。”

他的女友什么都没说。她把他搂得更紧了。

“不过，这是一首伤心的歌，合我的心意。昨天我试着听了听巴赫和莫扎特那些欢快的曲子，可是不起作用。还是悲伤的音乐配得上悲伤的心情。”

她微微一笑，说：“悲伤的歌多的是。”

他给她讲了一下，他对歌词是怎么理解的。尽管他在美国已经生活了多年，但有时候，他还得向她这个土生土长的美国人请教。“我没必要完全理解，但是，我是不是错过了什么重要的含义？你能好好听一遍吗？”

他不知道，这首歌自己已经听过多少遍了。现在就听最后一遍吧。这回他没有点击自动回放，而是有意识地点击了播放。在他女友专心倾听的时候，他感觉到她就在自己身边，他把头转过去，看着她专注的脸庞，这一刻，他终于能放下《丹尼尔》这首歌了。

“这首歌里唱的是痛苦和创伤，永远都不能恢复的痛苦和创伤。讲的就是这些。”

“什么创伤啊？”

“不是分别的创伤。反正就是兄弟俩之前的旧伤吧。”

5

接下来的一天，他在室外待了很久。天空蓝莹莹的；在黄绿相间的树林里，枫叶红彤彤的；在房前，秋日的玫瑰绽放着，有橙黄色和粉色。他在花园里干活，不少时候是跟他的女友肩并肩打理着花园，另一些时候是他一个人在园子里劳作。围绕着那棵老苹果树的矮墙塌了，得重新砌起来。

花园里的活干完了以后，他就带着狗出门散步了。离家不远处有一个湖，围绕着湖边有一条小径，穿过去有一片森林，里面有很多东倒西歪的树，还有巨大的岩石及一条林中小溪。从那里走过去，就来到了一座被废弃的磨坊前，还有矮墙围着。再往下走就上了湖堤，是二十世纪三十年代建成的。这条小径他走得很熟，哪儿平坦，哪儿陡峭，哪一段路不好走，哪个地方是看满湖睡莲的绝佳视角，他都一清二楚。围着湖走完一圈要一个小时，对他来说毫无单调之感，这也跟遛狗有关系——小狗一会儿跑到路左边闻闻新东西，一会儿跑到路右边刨刨坑，一会儿去跟新朋友打个招呼，总是从他身边跑远，不一会儿又跑回来。

两兄弟间的某一笔旧账……当他在外面待着的时候——在花园里干活的时候，在树林里穿行的时候，在湖边散步的时候——他想起了这件事。他从来也不愿意把这件事当真，当他非得接受这个事实时，他就在思想上逃避这个话题。他哥哥总要那么稍微贬损他一下，对他在美国和德国两边跑的生活发表评论，好像这么过日子是不对劲的。对他的情感生活，哥哥也要讥讽几句；关于他在事业上的成就，哥哥也透露出轻慢的态度；对他发表的作品，哥哥虽然称赞一番，但也尽是挑些旁枝末节不足道的东西夸一下而已。哥哥说得漫不经心，等弟弟过了那么一会儿醒过神来，听懂了哥哥无来由地说了什么，这个话题早就结束了。他打算好，等下次这种情形再次上演时，他要跟哥哥抗议一下，并且跟哥哥提出他时不时贬低和讥讽自己这件事。然而，他从来没顶撞过哥哥，也从没跟哥哥提及为什么总要受到他的贬损。每次他到哥哥家里做客，克里斯和迪娜都热情地欢迎他、款待他。他们讨论政治、社会、文学，总体来说他们的观点是一致的，哥哥对他随随便便的贬损好像终于消停了，刚这么一想，哥哥就又损他一下。

为什么会这样呢？兄弟俩之间到底出了什么问题？他做错了什么？很多年过去了，他们极少单独会面，见面总是一大家子人聚在一起。他曾向克里斯建议，每年选一天，就他们兄弟俩见一次面。这样的兄弟聚会也就有过一次，之后，克里斯对他说，想见面了，就来找他和迪娜吧。母亲过世后，兄弟姐妹们决定每年全体聚会一次，这样一来，克里斯就觉得，既然有了大家族的相聚，兄弟俩再单聚就没什么必要了。何况他自己有一个大家庭，三个孩子六个孙儿，够忙的了。

不过，没兴趣跟弟弟单独相聚是一回事，总是要对弟弟加以贬低挖苦又是另一回事。哥哥小时候在无儿无女的姑姑家生活，当他十一岁回到自己家里的时候，发现原本在姑姑家像是独生子的自己，有了一群弟妹，尤其是那个小弟弟在家里还有牢固的地位，这对一个十一岁的男孩来说是不是太残酷了？或者是不是因为，哥哥在小时候患有哮喘和湿疹，日后要走很长的路，才在生活中找到了自己的归属，他会不会觉得，弟弟的一切得来不费吹灰之力，命运对他太不公平，太轻贱他了？要不就是，因为弟弟更成功、更出名，当这样一个弟弟的大哥实在很困难？

他弄不明白，他的哥哥到底出于什么原因对他有抵触。他是总围着哥哥转的那个人，从还是小孩子起就是这样，后来也没有变。哥哥写的东西，他都读，都给予高度评价，都赞扬。他带他的朋友们去听哥哥在博物馆和教堂做的讲解。他对哥哥的完美家庭生活赞不绝口——哥哥不仅有着幸福的婚姻，还建立了一个美好的大家庭，他自己则没能做到这一切。

在哥哥身上永远不能愈合的伤口是什么？哥哥永远得不到治愈的痛苦是什么？他扪心自问，感受到的，却是自己的痛苦，自己的创伤，还有对哥哥深深的不解。本来一切都有可能是另一副样子的，他们本来可以是一对相亲相爱的好兄弟，可怎么变成了现在这个样子呢？他十分伤心，悲伤里是重重的徒劳感。这种徒劳感不是针对失去的人和亲历过的事，而是对未能够经历的和再也不能经历的东西——假如他哥哥没有自杀，也许还有共同经历的可能性。

6

他并没有急不可耐地等着去参加葬礼。从死亡到举行葬礼，这之间会隔好几个星期，他经历过这种情况。过几个星期才举办葬礼的好处是，告别会有一种轻松和豁达的气氛，这是在死亡发生后立即举办的葬礼上所没有的氛围。然而，突然之间他心里充满了不安。他对自己说，只要办完了葬礼，这种不安会自行消失的。他认为，这种不安跟他的思想没有关系。他对哥哥的想法，对他们兄弟俩之间的关系，他都已经思考过了。有时，他还会想到哥哥的孩子和孙儿们，他们会不会感到委屈，因为克里斯和迪娜不再挂念他们，不愿意为了他们在这世上再多活些岁月。但这只是一个闪念而已。而且，他的情感也与不安无关，悲伤使他疲劳倦乏，变得轻声细语的。这种不安感根植于他的身体里，让他夜不能寐，也让他在白天工作的时候必须起身走动，走到别的房间去，或者去车库，要么就去花园。往往他走到那个地方，却忘了自己来干什么。

无论是跟他的女友一起在花园里忙活，还是带着狗绕湖溜达，其实都不管用。他总是心神不定的——在砌墙的时候把手弄伤了，在跑步的时候把脚崴了。他的女友又担心又觉得他好笑，命令他在花园露台的躺椅上躺下。他在那儿躺了没多久，又被不安感驱使，一瘸一拐地拖着崴了的脚去找女友，可他那受了伤的手又让他帮不上任何忙。

“你跟我一起去参加葬礼吗？”

她正把一块石头嵌进墙里，没有抬头看他，也没有答话。他看着她干活，那块石头又大又沉，他无法想象这块大石头能嵌进墙上的缺口。但女友继续干着活，似乎她就是知道，这块石头能塞进墙里，而事实上，这块石头最后确实分毫不差地嵌进了墙体。她直起身来，把拂到脸上的一缕头发拨开。“如果你很想让我陪你去，而我的时间也允许，那我就很乐意跟你去。你知道葬礼什么时候举行吗？”

“还不知道。”她看着他，好像在等着他继续往下说。他耸了耸肩，“我只是想问你一下罢了。”他不愿意她在砌墙的时候因为他的在场而分心。她站在他面前，穿着牛仔裤和格子衬衫，脸热得通红，汗津津的。她的胳膊很有力，双腿坚定地站在地上。在他心目中，她代表了这个世界上那种依然可靠并令人感念的东西。

“我希望，葬礼结束后，我终于能心安神定下来。”

“写作也无法让你心安下来吗？”

“写作也不行。”她说得对啊，一般情况下写作总是他的解药。不管有什么事折磨他，让他担惊受怕的，他只需把手头正在写的东西继续写下去，这些苦恼折磨就被甩在身后了。他的办法是，让自己逃避到自己的思想世界里，逃避到他写下的故事里，逃避到他创作出来的人物那里去。这倒不是说，供他逃避世事的那个世界跟他现实生活的世界之间没有关联，但前者是专属于他的，而他的现实世界做不到这一点。

他的写作是一个逃避，他清楚地知道这点。他也知道，他能在生活中支撑下去，正是因为他能从中脱逃。自从他哥哥的死讯传到他这里，他就再也没有写过一个字一个词。也许因为他想跟哥哥告别，但又无法告别，而他写的故事恰恰又是关于告别的？他写的这些告别故事，丝毫无法帮他从他必须做的告别里逃离？

“我不知道这到底是怎么回事。这让我感到害怕。如果我再也不能逃进我的写作里去，这可怎么办啊？”

“把你正在写的东西搁一搁，做点别的事情。多给自己些时间。到躺椅上去坐坐吧，读读书，看看五彩缤纷的叶子，要么，让秋天的太阳晃晃眼睛。还可以睡上一觉。”她瞧着他。他搞不清楚，她是为他担忧呢，还是拿他开心。她牵着他的手，把他带去露台，带到躺椅边上。后来他就睡着了。

7

女友的工作既无法放下，也推迟不了，他只好只身飞往德国。因为非必要他不想离开她太久，他是赶在葬礼的当天早上飞到的。在机场他叫了一辆出租车，开到城里的路很长，他按时到了迎接宾客的地点。他的侄女把来宾先是安排到家里来聚会，之后再共同出发去墓地举行安葬仪式。他的姐妹都到场了，还有迪娜的弟弟、克里斯和迪娜的孩子们及孙儿们，很多他们的朋友都是夫妻共同来的。家里变得十分拥挤，人们摩肩接踵，大声说着话。他发现跟他攀谈的，都是克里斯的同事，还有跟着克里斯读博士和博士后的学生，以及跟克里斯走得近的朋友们。大家都认出他是克里斯的弟弟，都告诉他，克里斯是多么随和的一个人，有同理心，待人友善热心。当迪娜的弟弟过来找他，开车带他去墓地时，他心里暗喜，终于能摆脱掉最后那个还在跟他赞美克里斯的人。

到了墓地，他们站在挖开的墓穴边上。他的侄女宣布，克里斯和迪娜不希望举行仪式，不希望有人致辞，也不愿意现场放音乐。他们二人的骨灰盒要安葬在同一个墓穴里，墓地上不要立墓碑。一切都如此照办了。不过，侄女说，在骨灰盒下葬之前，当在场的所有人沉浸在思绪中时，她想请大家听一段录音，是迪娜弹的钢琴曲。说着，侄女就摁下了录音机的播放键。

他不知道演奏的乐曲是什么。音乐轻柔、婉转、感伤，也许是舒曼的曲子。迪娜年轻的时候想当钢琴家，然而，她对演奏的喜爱并没有促使她从事这份职业，靠弹琴也挣不到钱，她只为自己和克里斯演奏。他从来没有听过迪娜弹琴，这是第一次。她弹得不错。

他环视自己周围。克里斯和迪娜的孩子们站在一起，但每个人都独自想着心事，眼神空虚，一个孙儿和孙女手拉着手在哭泣，另一个孙儿坐在墓穴对面的墓园围墙上，用双手撑着头。墓园尽头传来发动机的噪声，有些在场的成人生气地转过头去，另一些人则好像充耳不闻，继续表情严肃地盯着某处，各自沉思和悲伤着。墓园的工作人员穿着陈旧的黑色西装，带着骨灰盒坐在灵车里看着、等着，他们习惯了等候。

第一支曲子播放完了以后，接着又响起第二支乐曲，依然感伤，但感伤里有了些开朗明亮的调子，像一支浪漫的春之歌。这支曲子会让人发自内心地微笑，迪娜的弟弟和他的太太就微笑着紧紧地握住了彼此的手。这在他眼里是一幅美丽的画面。他还发现，人们看向墓穴和骨灰盒的目光变得不再那么阴沉痛苦了。在他的内心深处，此时升腾起一股怒火，他被自己吓了一大跳，连忙尽全力克制自己的情绪，压下这股怒气，也不给自己受到的惊吓留下任何余地。他变得不给任何东西留下任何余地，无论是悲伤，还是对克里斯的儿孙们的同情，他不允许自己对和他一起站在墓穴边的任何人产生关联感。哥哥对他的贬损，对他的拒绝，给他的失望，兄弟间本该有的却从没有过的亲密，亲密感本来可以带来的却从来没有产生过的种种美好——这一切，在过去的这些天里令他时不时地伤心，而此刻却让他愤怒，除了愤怒，别无其他。怒火灌满了他的大脑，在他全身熊熊燃烧，推搡晃动着他。这种愤怒是冷冰冰的，他冷冰冰地听完剩下的曲子，冷冰冰地看着骨灰盒被缓缓地下沉到墓穴里。他走到墓穴边，抓起满满一把泥土，扔到骨灰盒上。

在走回墓园大门口的一路上，他不愿意跟任何人交谈。他若开口跟人说话，能聊的，肯定只有他对哥哥的愤怒这一个话题。到了大门口，他给出租车公司打了个电话叫车，他不想搭乘任何人的车。直到最后的几个人也相互道了别，跟他分手后，出租车还是没到。

他一个人孤零零地站在那里等着，墓园的大门由半圆形拱廊修成。他觉得，他的怒火逐渐耗尽，把他整个人也弄得精疲力竭。渐渐地，他对他周围的环境又恢复了感知。墓园的大门由拱廊组成，很美，四周的树木呈现着秋日的杂色，鸟儿在鸣唱。在看门人住的房子的山墙上，站着一只乌鸫鸟，正在唱歌，另一只乌鸫鸟应和着它，他循声找过去，发现另一只鸟站在墓园小教堂的尖顶上。

这时，出租车到了，他跨进车里。

8

第二天，他就返回美国了。他只是专程为了葬礼而来。他在德国要办的其他事情，他给安排到了几周之后。他一心想见他的女友。

返程的飞机还未起飞，他就睡着了。当飞机飞越大西洋时，他醒过来。天空湛蓝，阳光灿烂，几片云朵把它们深色的影子投在波光粼粼的海面上。他看见在天际之处，有一架飞机从美国飞往欧洲，他还看见海面上有一艘船，满载着色彩鲜艳的集装箱。

在飞机上，他不想看电影，也懒得读书，也没胃口吃东西。他很高兴旁边的座位没人，也就没人找他说话。葬礼以一种奇特的方式真切地浮现在他眼前，是他梦见了葬礼不成？他看见了那条路，他和其他所有人都站在那条路上，他看见了敞开的墓穴，边上是挖出的土堆起的小土堆和一把小铁锹，还看见了那个播放器，伤感的音乐就是从那个东西里传出来的，他还看见了人们的脸。他眼前还出现了一个年事已高的女人，身材娇小，头发是深色的，独自一人，她没有先到家里来聚会，而是直接来到葬礼上，这个人面熟，但他实在想不起来此人是谁。

现在他想起来了。这个女人让他想起了哥哥的初恋女友。当真是她吗？可她是如何得知克里斯的死讯和葬礼的信息的呢？克里斯和她相好了三年，他被介绍给这位女友，要么就是克里斯把女友介绍给了他：瞧瞧吧，我的老弟，我找的女朋友多棒啊。而他呢，对大哥崇拜得很，他找的女朋友长得美，会说话，笑得也好看，还非常非常地爱他。后来，两人突然之间就分手了。当时，这件事让他觉得不可思议，等日后他自己交过几次女友后，他对哥哥对待初恋的做法更是百思不得其解了。他总是尽可能地和前女友保持联系，她们留在他的生活里，他也不会从她们的生活里消失。对他生活中其他的事物，他也是十分忠诚的。在生活的不同情境中出现过的人，他都努力和他们保持联系，尽量去看望他们。他在德国和美国两边奔波的局面，可能也要算到他的无能上，他不愿意也做不到对成为他生活一部分的人和事彻底放弃。

而克里斯快刀斩乱麻，刻不容缓地跟初恋女友分了手。

在他读艺术史之前，他还在大学里读过法律专业，法律应该多少还算是他兴趣的一部分吧。可是，当他的小弟弟也去读了法律，日后还从事了法律方面的工作后，克里斯就对法律变得不闻不问、兴趣索然了。对大提琴也是这样，有一天他突然就不拉了，再也不摸琴了。从大学退休的时候，他也是突然就抽身而退了，连个过渡都没有。他在办公室里积攒的藏书，在他离开前被他卖得一本不留。还有和母亲断绝关系——母亲去世后，他们兄弟姐妹几个聚在一起，克里斯对大家说，母亲去世了他很高兴。自从母亲对世事和儿孙开始了没完没了的絮叨和抱怨后，他就在心里跟母亲断绝了关系，因此，到他连这个他不得不维护的表面形式也不必再维护时，他当然高兴了。

这就是克里斯。过去的事，就过去了。一旦过去了，他就做一个了断。在他拥有了迪娜和他的孩子们后，他跟他的妹妹和弟弟就了断了。对小弟弟也是这样，这个心心念念着大哥的弟弟，想比姐姐们更多跟哥哥见面的弟弟，也被克里斯了断了。因为这个，哥哥就要贬损他吗？就是因为小弟弟不能理解哥哥的了断行为？

飞机飞进了夜晚。有时，他会一眼瞥见飞机另一侧的舷窗里出现的晚霞。飞机降落纽约时已临近深夜。他喜欢这样的情境：坐在飞越大西洋的飞机上，他不属于任何地方，也联系不上任何人，反之，没有任何人能联系上他。他既不身处他的德国生活里，也不活在他的美国人生里。他只是和他自己在一起，轻盈而自由。等他深夜着陆后，也没有事情等着他去做，他只需钻进一辆出租车，开往他的纽约公寓，上床，睡觉，这样，他就可以带着在飞机上获得的轻盈感和自由感进入梦乡。

这回，轻盈感和自由感不仅仅是飞行送给他的礼物了。他放下了。他放下了由失望、拒绝和贬损造成的愤怒，放下了他渴望从哥哥那里得到却从来没有得到的东西造成的伤心，他也放下了痛苦。对这个他新发现的哥哥，这个比以往走得更远的哥哥，他几乎又能去爱了。

9

他给他的女友讲了葬礼的情形，也讲了自己的愤怒以及他在返程飞行中的所思所想。还讲到，他现在可以进行告别了。还有，征服他的那种痛苦，还能毫无悬念地控制住他，不过，不会再牢牢抓住他不放了。

女友望着他，他有种感觉，似乎女友对他的话有所怀疑，但又不愿意拿自己的怀疑把他的心绪搞乱。“要给你自己时间，”她说，“克里斯和迪娜刚刚去世三周，告别会是件漫长的事。我依然还在和我妈妈告别啊。或者说，不是依然还在告别，而是总是重新告别，对我来说，每次都似乎是她好像还活着，但又并非活着。”

他又带着他的狗出门上路了。他先是选了他在去葬礼前走的那条路。走在这条老路上，他之前在这条路上的联翩浮想也随之出现了，于是，他又挑了另一条路走。可是，走在另一条路上，这些思绪依然紧跟着他。克里斯为什么需要做那些了断？他是怎么做到的？是不是世上有这么两种截然不同的人，一种人生活在各种了断里，另一种人则生活在对了断的反抗里？即使在克里斯的生活里，也有对了断的反抗，而在他这个反抗了断的人的生活里，也不是没有做过了断。但这还是有区别的。这种区别是产生于深刻的原因，还是自然而然，就像有人有深色头发，有人有浅色头发？当他们还小的时候，克里斯的头发是深棕色的，而他有亮金色的头发。

他又想起来，他们住在一个房间里一起入睡的情景，他们哥俩一遍又一遍互道晚安的仪式。这个仪式，在克里斯刚从达沃斯回到家里时还没有马上被设计出来。刚开始的时候，他们只是互相道一遍晚安，后来，克里斯在睡梦中总是摇来摇去的，左摇右晃。对克里斯来说，这么晃来晃去的，是在说晚安前的伴奏，然后变成一遍遍重复说晚安的延续性动作吗？是他感到很难过，为了安抚自己，才摇来晃去的吗？

从八岁起离开父母和弟妹，搬到达沃斯去住，这对克里斯来说，是一种父母及他自己都始料不及的痛苦吗？等到他十一岁的时候，从充满爱心的姑姑和细心照料他的姑父提供给他的美好生活中返回到父母家中，这对克里斯是又一次的伤害吗？无论如何，克里斯被要求做出了断，他必须果断地跟过去了断，跟过往进行告别，他别无选择，除了去克服，除了去学习在了断中求生。

他把他的这个推测也告诉给了他的女友。“你放松了缆绳。”女友微笑着说。她的意思是，在我们生命中重要的人，无论是善意的人还是恶人，就像是港口边把船只系牢的桩柱。绑在桩柱上的缆绳可以系得很紧，也可以系得比较松。系得紧和系得松时，船只得到的支撑力是不同的。“等缆绳解开了，船就自由了，可以重新启航。”

10

离开港口，启航，同时跟港口紧密相连——这一切发生在他重返德国，一天早晨醒来后。他看到了《女孩与蜥蜴》这幅画——画家恩斯特·史迪克贝尔格的作品。这是一张复制品，挂在他的床对面的墙上。小女孩的脸充满童稚气和女人味儿，她梦幻般的眼神，拳曲的头发，那只像舌头一样的蜥蜴，女孩子和蜥蜴之间的那份静止，还有他们身后的大海——这幅画从他童年起就一直陪伴着他，有时候他并没有注意到这幅画的存在，但是，这幅画每次都给他带来快乐，他可不想有一天丢了这幅画。

他还是小孩子的时候，去住在瑞士的祖父母家过假期，这张复制品就挂在他睡觉的床头。他看着小女孩入睡，醒来后第一眼看见的，也是这个小女孩。他在祖父母的庇护下感受到的幸福，在这幅画中的小女孩身边同样也感受到了。祖父母去世后，这幅画也失落了。他十分怀念这幅画，可又不知道是谁画的。直到有一天，他在参观巴塞尔的美术馆时看到了原作。他请美术馆的档案室为他拍了一张照片，在自己家中把这张照片挂起来，直到发现照片褪色越来越严重，直至失真。

有一天，他讲给克里斯听，他是多么爱这幅画。克里斯在巴塞尔的报纸上登了好几次广告。起先，他找到一幅在民间受喜爱，由一位当代画家拙劣模仿又被多次翻拍复印的作品。几年后，他终于找到了一幅跟祖父母家挂的一模一样的复制品。他把这幅画装了框，画框做得跟祖父母家的那个也一模一样，然后送给了弟弟。

他把这件事整个给忘了。这幅画作为礼物的事，从他和克里斯之间发生的事情里被剪裁掉了。是因为这幅画已经成了他生活中不言而喻的一部分吗？还是因为这幅画挂在德国，而他对克里斯的哀悼发生在美国？还是因为，这件礼物里渗透了克里斯的百般努力和深深的用心，而这跟他给他的失望、拒绝及贬损统一不到一块儿去？也许就是这个原因。他把自己和克里斯的关系简化了。那个决绝地做出了断的克里斯，那个对自己的小弟弟有意见的克里斯，那个深爱着自己的小弟弟的克里斯，那个在他的生活中不给小弟弟留下多少位置的克里斯，那个给自己的小弟弟在缺失的位置重新挂上那幅画的克里斯。这一切的一切，都是克里斯。

他为自己的遗忘感到羞愧难当。但他又很高兴，因为这幅画，因为这件礼物，因为克里斯。他又一次听到那首歌。克里斯，你就是天空中的一颗星。

老年斑

1

为了向自己证明，他不惧怕衰老，他为自己的七十岁生日举办了一次庆生活动。他订了公园旁边的一家餐厅，从那里可以放眼全城，空间也足够大，容得下七十位客人。他打算邀请七十位客人。而且，餐厅在他生日后的周六还能订上座儿。餐厅有一个大露台，在那里，来宾们可以喝开胃酒，两个厅内可以摆桌用餐。在连接两个厅的中央位置，他可以站在那里，发表演讲。他挑选了一共四道菜的套餐，配的是红葡萄酒和白葡萄酒，他也订了开胃酒，即香槟、葡萄籽酒和葡萄汁，同样的配比。他去印了请柬，每张请柬上手书了来宾姓名和给每个人不同的短句，然后去邮局寄出。他还排了座次，亲手写了桌牌。

这一切都是他独自一人操办的。他离婚已经多年，这几年来处的女朋友是一位医生，从医院辞了职，加入了无国界医生，远赴刚果。她的远走高飞并不意味着他们二人关系的结束。他们打算好，他将去刚果看她，等她从刚果回来后，他们也有所安排。可他觉得自己就像她工作过的那家医院，一栋二十世纪五十年代盖的、从里到外都破旧不堪的楼，在这家医院里，她觉得能施展的空间太狭窄了，越来越没意思。她走后，就剩他自己一个人了。他就是想给自己一个证明，所以安排了这场庆生活动。

庆生会在一个清朗温暖的七月之夜举行。他站在露台上，沐浴在将要落下的太阳光线中，喝完一杯开胃酒，又来了一杯，一边等着宾客，一边心里紧张起来。提前驾到的是中学的同学，他们远道而来，在宾馆里待得无聊，就提前过来了。他跟他们太熟悉了，从眼神到声音。大家拿年龄开着玩笑，这跟他们当年拿老师和女生开的玩笑有所区别，但一口乡音不改，透着纯真劲儿。接着来的客人就参差不齐了。其中有大学同学，谢了顶的、白了头的，有的人大嗓门、咋咋呼呼，有的人老谋深算，跟当年没有两样。他在学校和教育部的同事们是唯一携太太或先生前来的，被他一一欢迎的面孔里，有不少是他还未曾谋面的人，因为他们是他同事的第二任妻子或丈夫。他教过的尤其被他喜爱的学生，给他的见面礼是拥抱和亲吻。他在教堂和政治活动中认识的朋友跟他见面时击掌。他的邻居们、他偶尔认识并保持了联系的熟人们，比如在坐火车、在事故发生地、在滑雪排队等候时认识的人，这会儿都围绕在他身边，因为他们除他之外不认识在场的其他人。这样一来，他们之间就互相攀谈上了。他参加了好几年的合唱团的成员们在人群中互相找到了，悄悄商量着什么，他知道，他们给他带来了一个小节目。几乎所有他邀请的人都出席了。

他的紧张感消失了。在一片喧嚣声中，来宾们相互自我介绍，有的互相认出来，有的发现了对方，聊得热火朝天。他很欣慰，大家跨越了各自的生活圈子以及他的圈子，相互熟络起来。他步入餐厅，走过一桌又一桌，走进厨房，朝餐厅工作人员点点头。一切准备就绪了。他望向窗外，正值落日时分，夕阳把客人们的脸庞也映照红了。他摸了摸他的夹克内兜里的发言稿。这将是一个很长的发言。不过，厨房已经知道该什么时候上菜，来宾们也会乐意倾听他的讲话。他会提及每一个人，并且告诉此人，为什么他在他的生活中占有一席之地。

2

是跟庆生宴会有关吗？是跟他与朋友们的相逢有关吗？或是跟他的讲话里涉及了过去有关？庆生宴会进行得很欢快呀，来宾们事后向他道谢，都写道，他的讲话和众人的交谈，唤醒了他们对往昔的回忆，很是愉快。他十分不解，为什么会出这种事情。

生日一过，他的过去就频频袭来，甚至战胜了他现在的生活。那些被长久遗忘的事情，活灵活现地从他的记忆里冒出来，生动得就好像是昨天发生的。跟父母和兄弟姐妹一起围桌而坐，和邻居小孩一起玩耍，坐火车去祖父母家，还有那只他心心念念了很久，最后终于得到了的小黑猫，以及第一次去音乐会，第一次听歌剧……起初，他很高兴，童年的记忆又回到脑海中，出现在眼前。其实他了解，童年的记忆会返回的，他在他的祖父母和父母那里都看到了这种情况。然而，随着美好的童年记忆一同返回的，还有那部分伤心的记忆，这也倒罢了，可是，那些让人羞愧难当的记忆也紧随其后，那是关于失望、侮辱、受伤的感受，是他从孩童时起就去欺负其他孩子造成的。还有些情况，是他自己把自己弄得可笑丢人。就好像一条隐藏的生命线被袒露了出来，他日后生活的种种自私和无礼以及让自己难堪的表现也出现在记忆里，跟童年的不快记忆连接起来。这些记忆有时会尾随他进入他的梦境，从这样一个充满羞耻感的梦里醒来，他会被自己吓一大跳。若是这种记忆只是偶尔造访他一下，他倒也能应付得过去。然而，每天的每时每刻，这些记忆都朝他蜂拥而至。

他读一战史的时候，不由得想起一件事。那是在历史课上，他走神了，没听老师讲课，老师点名叫他起来回答问题，他回答说，关于一战他什么都知道，老师就请他到前面给同学们上课，结果他又说不出什么来，引得全班人哄笑。他出门散步，看到两个大男孩在欺负一个小男孩，就上前去打抱不平。站在这三个叫骂和互嘲的男孩中间，他又想起他读小学二年级时，被两个五年级的男生欺负，有人解救了他，而他非但不感激那个帮了他的人，反而去跟羞辱了他的人套近乎，因为他不想显得弱势。还有一次，他去听歌剧，在幕间休息的时候拿着一杯香槟酒去跟一群比他富有且自认为高他一等的人搭讪。他上学的时候就想象着，有朝一日他也能成为他们中的一员，穿牛仔裤，抽香烟，有女孩缘，受重视，能跟他的旧友断绝关系。等他上班以后，作为年轻人，他想跻身主流，别被排挤到边缘，可是他的出身和政治观点又妨碍他融入那些人。他还主动接近那些意见领袖，尽管他在心里对那些人不以为然，那些人也看不上他。对这种种丢人现眼的事情，他大多想不起具体的情景了，但是，这些尴尬的感受留在了他的心里。比如他想不起来，在他得到升迁后，举行的欢迎会上他说错了什么话或做错了什么事，他记得清清楚楚的是，来宾们都用异样的眼光看着他，他当时心里感觉糟糕透了。

他认识多年的一个朋友是精神病学家和神经科医生，他把自己跟记忆做挣扎的情况讲给了这个朋友听。朋友将此诊断为老年性抑郁。“要不要我给你开点儿提亮的药啊?”朋友问。他摇摇头。提什么亮啊? 墨镜是变暗，难道还有提亮的眼镜不成?

3

令他最感到难堪和伤心的记忆都跟女人相关。他母亲算头一个。母亲对他的期待多得没边儿。在学校里，在乐队和在运动场上，他都必须属于最优秀的行列。在家里，他必须乐意帮她做饭，帮她在花园里干活。在母亲面前，他不许有自己的小秘密。如果母亲跟丈夫吵了架过来找他，他必须拥抱她，安抚她。这一切的一切，对他来说，在当年就实属沉重的负担了。可是，当年他一产生负担过重的感觉，随之而来的就是内疚感。他的母亲一点一滴地按照她对他的期许教育了他，要理性、要有道德感，若不理性、不讲道德、待人无爱心，他就会令他母亲失望。当他今天回想这些事情，他已毫无内疚感了。但是，他也不会感到愤怒。对他没有能够成为他自己想成为的那种人，他只是无比伤心罢了。

就像他不能让他母亲失望一样，他也无法让出现在他生活中的女人们失望。他总是去满足她们的各种期许，虽然他本来不打算去满足的。可他先是满足了第一个愿望，接着又去满足下一个愿望，然后就没完没了了。一直到他实在满足不了为止，他就抽身而退了。要么就是等着这种情形实在难以为继。他想起了那些夜晚，他不情愿，但还是与那些女人共度良宵。女人们当然对他有所求，他也不允许自己让她们失望，可他就是没有办法跟这些女人做爱。

最让他感到难堪的记忆是他的第一位女老师。他跟着她接受培训。她比他年长二十岁，是个态度坚定的女人，但微笑起来显露出迷茫和深思，有春心荡漾状，好似白雪公主等待着被王子的一吻唤醒。他从中体会到了一种期待，是他不能辜负的期待。对他的殷勤，她报以强有力的回应，这倒把他吓着了。他试着对她热烈的回应加以躲闪，开始是微微的，后来则越来越明显。很长时间内她对此没有察觉，是她不想察觉。等她察觉了他的态度后，她谴责他，说他利用她作为他的培训老师而操纵她，她会让他就此付出代价的，即使她自己跟着名誉受损也在所不惜。他不得不卑躬屈膝求她放自己一马。谢天谢地的是，过了没多久，她就给自己调动了岗位，从他的世界里消失了。

之后他认识了他后来的妻子。她鼓励他努力工作，追求事业，仰慕他解决问题时举重若轻的能力，而且，他对她的令人沮丧的处境表现出全心全意的关怀，这使她深感幸福。当他从中看出了他母亲对他的那种期待后，他想跟他太太好好谈一谈，可是又说不出口。他能做的，又是尽量去满足对方的期待。可是，这种期待越变越多，孩子们出生后，对他的要求就更多了，多到他实在满足不了，他又逃了。对他的婚姻生活的记忆并不使他感到尴尬。可他羞愧难当。因为他是他母亲的儿子，他此生就是个失败者。他的失败不仅是作为他太太的丈夫，作为孩子们的父亲他也是失败的。

4

他在外面走啊走，走了很多路。倒不是在步行的时候那些记忆就停止了对他的骚扰，但记忆对他的攻势比较弱。在家里待着，记忆就会占上风。

他如果想到大自然中去，就必须把车开到城边上去，这相当麻烦。因此，他就在街道上行走，一直走到深夜。他的步伐有力，他喜欢自己的脚步声和迈出的步子长度。运动起来，对双腿也是有益的。

他走啊走，就是为了走路本身，不是为了在街上、在城里、在人群中去探究什么。可是，有时他发现自己走得离家太远了，可又不想回家，只好进到一家酒馆，点上一杯啤酒，叫上一辆出租车。开始时，他点完酒就叫出租车，后来，他就不着急马上叫出租车了。他打量着酒馆里的人，有的坐在桌边或吧台边，有的在台球桌旁边，飞镖盘那里也有人。和他年龄相仿的男人们并没有玩台球或扔飞镖，连电视都不看，他们只是喝酒。他们说话嗓门很大，好像在弥补他们在生活中丧失掉的话语权。有时候，这些男人中的一个会跟他搭讪，要么就是因为从来没见过他，要么就是因为不愿意在这里再看见他出现。绝大多数时候，他坐在吧台边的高脚椅上，并不引人注目，喝上几杯啤酒，看别人玩游戏，也听一耳朵他人的聊天。男人们在抱怨自己的年龄，抱怨健康状况，抱怨妻子、孩子、孙子，也抱怨电视节目，抱怨时政，抱怨一切都跟从前不同了。他问自己，过去纠缠着我，换到这些男人身上，过去是不是就变身成了抱怨呢?

几周过后，他发现自己总是在重复同一条路线：从街道走到运河，沿着运河先是走到高档社区，然后逛到不怎么样的街区，这样就来到了河边，再上桥，走到火车站。他在下午四五点钟出家门，走一趟下来要四五个小时，每次都在火车站旁的同一家酒馆里喝上几杯啤酒，在午夜降临前回到家。七月里雨天多，由古老的方块石铺成的街道被打得湿漉漉的，街灯在石头路面上反光的情景让他很喜欢，好似这些光变成碎片撒落下来。他也喜欢听汽车轮胎碾过雨中柏油路的吱吱声，喜欢看撑着雨伞和裹着雨衣的路人，好像他们都变得大同小异了。他还喜欢雨天里路上的车不多，尤其是运河沿途，更没什么人迹。他独享一个人的自在。等上了桥，桥上车水马龙，地铁的轰隆声也不绝于耳，桥身被震得发颤。待他走进酒馆，人声鼎沸的嘈杂之音迎面扑来。

然后就进入了八月。雨停了，白天炎热，夜晚温润。他发现了一条沿着运河的人行道，还有一小块草坪，水边有垂柳和长椅。他坐在椅子上，温润的空气给他宽厚舒服之感，他多想把过去折叠成一只小纸船，放到运河的水面上，随水波漂荡而去。他这样想着的时候，水面上吹来一阵冷风，把温润的空气驱散了。

5

有一次，一个年轻的女性从他面前走过，他站起身来，跟了上去。走了几步，他才回过神来，停下脚步。他曾经做过一次同样的事，毫不犹豫地跟上一个女人，最终停下了脚步。刚才这位女性跟以前的那人一样，身材苗条，一样快步如风，尽管在脚步着地时带着些微的迟疑，脚踝同样结实有力，连棕色头发的发型都是一样的。她的微笑，在当年和此刻，他都只在一瞬间瞥见过。笑容里是不是带了点嘲讽的意味？这不是针对任何人的，年轻的女人只是自顾自地微微一笑，就像她走路的时候自顾自一样，是不可接近的。

不，这两者当然不可能是同一个女人。当年的那个女人与他同龄，假如她还在世，那也该是他现在的年龄。他刚上大学的时候匆匆结识了她，他上的那所不大的大学就在他的家乡。当他再次看到她时，他已经转学到了另一个大城市。那也是一个夏天，他坐在图书馆和食堂之间的草坪上读书。他抬起头，看见她从面前的路上走过去。他站起身，跟了上去。可走了几步之后，他就知道，自己没胆量去跟她开口说话，就停下了脚步。他目送着她，看她走进食堂。他又坐下来，目不转睛地盯着食堂的大门，一直看到她走出食堂，朝另一个方向走了。

几年以后，他返回自己的家乡，结了婚，在离家乡不远的另一个小城里当老师。因为他只有半个职位，还有不少空闲时间，就在这个小城的大学里听课。他读的是法国早期哥特史，是学生围桌而坐的小班课。第一堂课他就迟到了，教授没有因他晚来而发脾气，他已经很庆幸了。他低着头，赶紧在最后一个空位子上坐下。当他抬起头来时，看见她就坐在他的对面，他朝她几乎不易察觉地点点头，不易察觉得她完全可以视而不见，如果她想对他的点头视而不见的话。但她朝他点了点头。课上到可以会心一笑的地方，他们也相视一笑。下课后，好像接下来的一切都变得顺理成章，他们一起从走道下了楼梯，一起走进阳光灿烂的下午，进了咖啡屋，面对面在桌边坐下。她拿到了奖学金，正在写关于朗格勒大教堂的博士论文，有时会去把她带大的奶奶家。那是哪儿来着？他试图回想起那个城市的名字，可是怎么也想不起来。

他的耳朵里又响起她清亮的声音，她的笑容又出现在他眼前，那笑容里没有了嘲讽，更多的是怀疑和不解。她不是不可接触的，她只是小心谨慎，也许甚至还有那么一点点害怕，她要在她的人生里干出一番事业，对这点她是坚定不移的。他从来没从她的嘴里听过什么蠢话。她喜欢开玩笑，淘气，大笑——想到这里，他又听见了她大笑的声音，这笑声就像小苹果从筐里滚落到桌子上的那种声音。

他把他的生活讲给她听。他的博士论文，已经放了很久没动了，不过他还是打算把它写完。还有他上班的学校，他对上课内容和形式的兴趣，他对学校改革的想法。此外，他已经结婚了。

她同意让他开车送她回家，在往停车场走的路上，他们接吻了。他眼前出现了那个地方，是在一座楼的转角处，他们俩刚转弯过来，就在这个转角，他们停下来不走了，拥抱在一起。他们俩谁都没有采取主动。就这么简简单单地发生了。开车的路上他们没有交谈，她用手给他指路，哪里该左拐，哪里该右拐，就这样开到了她住的那片社区的房前，一栋二十世纪二十年代的建筑，她住在这栋房子的阁楼上。他们俩还是一言不发地坐在车里，手牵着手。最后她叫出了他的名字，把手从他的手里抽出来，下了车。

6

那个小阁楼！带着一个小走道，一个小小的厨房，一个小浴室，还有一个带衣橱的房间，里面有一张桌子，一张床，斜面的墙和斜面上的窗户，躺在床上，她能从斜窗里看见天空。接下来的事情也顺理成章地发生了，她没有把他带上她的床，他也没有往她床上挤。两人的事进行得也不带任何尴尬，无论是脱下衣服，还是两人在床上躺下，做爱。

他们在床上交谈了吗？他不能想象他们俩在床上没有聊过，可他的记忆里是空的，他想不起来她的童年是怎么度过的，学校上得怎样，她第一次跟男生打情骂俏的情形，她的第一任男友是何许人也。这些话题一般都是两人做爱之后要聊的话题。要么就是她回避了他的问题？他思前想后，发现不管怎么想，她在他的印象里都有些模糊，除了她和他的关系，她和他人的交往、她的兴趣点、她对生活的希望，甚至连她关于朗格勒大教堂的研究，都模模糊糊的。他们俩聊过他们爱读的书和爱看的电影吗？他们俩一起去参加过什么活动吗？一起去过电影院、剧院和音乐会吗？他想起来，她跟他描述过她看过的一部电影，是查尔斯·布朗森帮助一位日本相扑手在美国狂野的西部追回一把宝剑的故事，这把剑是日本天皇本来打算赠送给美国总统的，结果让一伙盗贼给偷走了。

他想起那个炎热的夏天，空气闷热得不流动了，一股子土味儿，他们多次在河边散步，树上的叶子和灌木的叶子都被晒得灰扑扑的，还有那家他们去了又去的意大利餐厅——这些他都记得。他还记得有一天晚上，他正好待在她那里，他病了，发热，浑身颤抖，她细心体贴地照顾他。等到了秋天，他们俩有一场简短的交谈，他对她说，他不能再来见她了，他的太太怀孕了。她摇了摇头，说："是你不想来见我吗？这不是你要的，是别人要你这样做的。"

他再也没有去找过她，她也不再联系他。她没有为难他，这使他们的分手来得轻而易举，跟他们轻而易举就好上了一样。真的是这么轻而易举吗？这样一种轻松，是他无法想象的，甚至是他做梦也想不到的。在这个与她共享的世界里的轻松十分特别，不仅远离他日常生活的那个世界，而且也远离他的职业、他的婚姻，更不用说远离他从小就根植于心的那个充满期待、要求和责任的世界。在那之前和从那以后，他再也没有在他的生活里感受到那份轻松和自由。她对他从来没有任何期许，从不提必须在哪天哪一时刻要再会，也不要求他留在她身边，不提要他离婚，不提要他娶她。还不仅仅因为这些。他们的相逢、相依、爱抚和相拥，都好似脱离了地心引力。当他们两人散完步，返回她住的阁楼里去做爱时，面对上楼的那么多台阶，他们就好像是飘着上去的。

这就是纯粹的幸福。当年，他为了履行自己的职责，不能离开有孕在身的妻子和未出生的孩子，否定了这个幸福。而现在，在他对往事的追忆中，他方才彻悟到，他当年的所作所为，并不是结束了一段外遇，而是摧毁了他此生的幸福。

7

对他而言，这是纯粹的幸福，那么，对她而言这又是什么呢？他是否根本就没有注意过她的期许和她的失望？难道他不是偏离了日常的轨道，自顾自地寻了开心，肆无忌惮，对她不管不顾？他了解自己，他对满足他人的期待患有强迫症，这绝不是因为他无私忘我，而恰恰是因为他自私，利用这种方式证明自己的正确性。也就是说，当年他在日常生活、职场和婚姻之外的领域里无须证明自己，因此，他对待她时就可以放任自己自私自利，一如拖拉机滚过田野，他任由自己无所顾忌地碾压她的情感？

分手五六年之后他又看到过她一次。他刚离完婚，她也刚结束了一段短促的婚姻。他们是偶然遇上的，相约见面，两人也约会了。她对他的态度虽然有些矜持，但还是很热情的，而他在离婚之后变得强势。他的执念是，要从根本上把自己从人们对他的期待、要求和强加给他的责任里解放出来。他变得粗鲁无礼、莽撞、八卦，用粗俗不着调的态度大聊性、爱和婚姻。他想不起来，那时她的心情怎样，但有一点是肯定的，他当年虽然没忘记她也过得不太好，但就是实在不想去关心了解她的处境。就连对他们共同度过的那个夏天，他的记忆也是千疮百孔的，这难道不正说明，他整个过程中在意的都是他自己，而没怎么把她放在心上吗？

他当然可以反反复复地为自己开脱，告诉自己，这是陈年往事了，当年发生的事他反正也改变不了了。可是，记忆就是缠着他不放，无论是留在他心里的事，还是他想不起来的事——他们最后一次见面时他的丢人举动，他和她都被摧毁了的幸福，还有他心里为之忐忑不安、不能确定的东西。那个夏天，对他和对她而言，真实情况到底是怎么样的？

有时，他在雨中坐在河边的椅子上，雨水是暖的，他把头往后仰，让雨水打到脸上，顺着脸颊和脖子往下淌。他早就不会哭了，他想念还能哭出来的时候，幻想着流淌在他脸上的水珠里也混合着他的泪水。他多想能再看见一次那个年轻女子。不过，单单就凭这个女人曾经从这里路过，唤醒了他对那个共度的夏天的记忆，他就已经深深喜爱上了他坐的这个地方。他为什么在如此漫长的岁月里，都把当年的幸福从记忆里尘封起来？是不是因为他认为，自己当年的行为匪夷所思？或者，是不是因为他难以承受世界的肮脏不洁、幸福与痛苦、对与错纠结在一起造成的紊乱心绪？同样让他十分纠结的，还有自己为什么多年想不起那个夏天。

阿黛拉·库布里克，这是她婚前的名字。离婚后，她保留了她前夫的姓，他只记得这个姓氏听上去挺有身份感的，好像是哈登贝格或是法尔肯哈根，要么是梅林霍夫？不过，她的娘家姓应该就足够让私人侦探把她找出来。或者，他是不是自己也能想办法找到她呢？可以一个区一个区地去跑居民登记处，到那里寻找她的踪迹？为此，他是否要给出一个正当的理由，人家才会把信息给他？重拾旧爱的愿望算不算一个正当的理由？

让自己开启一个寻找阿黛拉之旅，这个设想他越琢磨越觉得妙。有一天，他突然想起大学第一个学期的一个同学，这个人也认识阿黛拉，还跟她同专业，他最后一次跟阿黛拉见面聊天时，她还提起这个同学跟她保持着联系。他从他家乡的电话簿里找到了这个同学的电话，打过去，跟他交流了一通关于退休生活的不咸不淡的话，当然也要聊聊身体状况和各自的家庭，然后向他问起阿黛拉，从而得知，阿黛拉放弃了对科学的信仰，第二本书的写作半途而废，转行当了心理治疗师，而且，早就搬到了他住的这个城市。

“我已经好久没跟她联系了。如果她没有搬家，并且还活着的话，你应该能在电话簿里找到她。她的名字是阿黛拉·坎普豪森。”

他不仅找到了她的电话号码，还找到了她的家庭住址。在网上，他查看了她住的那条街和那栋房子，这是一栋平民化的房子，坐落在一个平民化的街区。他只需要摁响门铃，或拿起话筒，或者写一封信。再简单不过了。

8

事情做起来就毫不简单了。猛地站到人家门前就像来一场突袭，突然给她打一个电话也好不到哪儿去。写一封信虽然不是突袭，可是，她要是不回信呢？接下来的任何步骤不就都被视为明目张胆的骚扰吗？而且，寄去一封信就等于把主动权都交到她的手里，这可不是他愿意的。

他把车开到她住的那条街，希望在她家对门的咖啡馆里坐下来，观察她的楼门，这样就能看到她的出出进进。他还能不能把她认出来呢？然而，她住的地方既没有咖啡馆，也没有面包房或肉店。如果至少有个面包房，就能有高脚桌可以站着喝杯咖啡，有肉店的话，也有卖香肠和奶酪煎肉丸这些小吃的角落可以停留。要不，就站在一棵树后面等——不行，他不愿意把自己杵在一棵树的后面。他可以把车停在她住的楼的对面，哪怕离她的楼门有一段距离，坐在车里等和盼。

最后他的确这么办了。早上七点刚过，他就坐在汽车里，眼睛能看到她家的楼门口，手边备了一大杯咖啡和一瓶矿泉水。住在这条街上的男男女女、大人孩子都在出门上路，不是去上班，就是去上学，有跨上自行车的，有钻进私家车的，有脚步匆匆朝车站和地铁站奔的——全是年轻人。有人经过他的汽车时会打量他一眼，这把他弄得挺紧张，尽管他对自己说，他没什么好紧张的。

两个小时过后，街上出现的年纪大的人多了起来，特别是上了年纪的女人，她们拎着购物袋或拉着购物小车。从她住的楼里走出来一个拄手杖的男人，他斜挎一个书包。然后出来一对男女，带着一个小男孩，一看就是祖父母和孙子。然后又走出来一个女人，手推一个带轮子的箱子。这是她吗？腰弯得厉害，十分虚弱，走得那么慢！他不愿意相信，就继续等下去。结果，楼门真的又被推开了，一个上了年纪的女人走到街上，腰板挺得笔直，步子迈得很稳。只是，没有双脚落地时的那一丝迟疑——这是因为这个人不是她，还是因为她没有走得飞快，因此双脚落地时可以是平稳的？脚踝是她的脚踝，灰白头发的发型也是她原有的发型，身材依然苗条，除了腰部有些臃肿，胳膊比以前粗了些。她身着一条深蓝色的齐膝的短袖连衣裙。

那张脸他拿不准。他没有她的照片，而且他本来就脸盲。在他的记忆中，关于她的样子不是具体的影像，而更多是想法，也就是说，他对她的脸的记忆是一张明亮的、羞涩的、专注的脸。他首先从这张脸上看到的，是那种自我沉浸的带着疑问的微笑，还有她那如小苹果滚动到桌上的笑声。她那样笑的时候，眼睛变得狭长，嘴巴上扬得宽宽的。还有什么其他的吗？

她穿过街面，从他的汽车前走过去。她没有笑，也没有微笑，一个上了年纪的女人，皱纹爬上了额头和脸颊，嘴唇是薄薄的。这个样子没有激发出他对她的记忆。也许他看到她的时间太短。他转过头去，跟着她的背影看，一直看到她在街角处转弯。他又等了等，然后摇摇头，开车回家了。

可是到了第二天早上，他又坐在汽车里，眼睛盯着她住的楼门口，不是在七点多，而是九点过后。没过多久，她就从门里出来了。她这回穿的是牛仔裤和白 T 恤。她穿过街面，从他的汽车旁走过，他转过身去，盯着她朝街角走去。她的脸变得让他感觉有些熟悉了——在这张脸上他重新发现了那副年轻的面容吗？还是他看见的仍然是昨天看见的那张脸？

他坐在车里，双手扶在方向盘上，目光投向街道，一时不知道自己该怎么办。有人在敲车窗，他抬起眼睛。她站在副驾驶那一侧，朝车门俯下身，他把身子探过去，开了门锁，为她推开了车门。她坐了进来，坐在他的身边。

9

她坐在那儿，什么都没说。他闻到她用的香水，感觉到她带来的温暖。这时她问："你这么干了多久了？"

"从昨天开始的，"他耸了耸肩，"昨天我还拿不准，到底是不是你。就在刚才，我也是拿不准的。可是，我马上就认出了你的声音。"他转过头来，望着她。

过了一会儿，她才能也朝他转过身来，看着他。

他笑了，说："现在，我也能把你的脸认出来了。我这个人脸盲。在我眼前，你的样子是你微笑或者大笑的样子。可是，昨天的你还有刚才的你，既没有微笑，也没有大笑。”

“你找我干吗？”

“我想知道，你对咱们共度的那个夏天，有什么样的记忆。我想知道，你对我的印象，不仅仅是一个自恋和无礼的家伙。我还想知道，如果在你的记忆里我就是这么个家伙，你能否原谅我。我想知道，在那个夏天，你是否过得像我一样幸福，我把我们的幸福破坏了，你能否原谅我，尽管我干的事是没法教人原谅的。我还想知道，对于我们几年后的再次相遇，你能否原谅我的所作所为。我希望那时的我除了给你带来痛苦，没有给你的生活造成更大的灾难。”他深深吸了一口气，“我直到现在才能承认，跟你在一起我有多幸福。当年我怎么就不能承认呢？因为我的生活过得支离破碎吗？我对自己隐瞒了什么，为了能掌控自己的人生吗？好几个星期以来，我这辈子做过的坏事、丢人的事和错事，都涌了上来。我在街上走来走去，因为这么走着的时候，这些记忆就不那么折磨我。在家里坐着，我就被搞得十分痛苦。在运河那边有一个地方，就是运河流进河流之前的河段，我喜欢坐在那里。有一个年轻的女性在那儿从我面前走过去，让我想起了你。你问我，我找你干什么。恐怕有太多的理由，让我要来找你，但现在，我突然什么也说不出来。”

他不敢正视她。他说得太长，想要的太多。他知道，他把她给惊着了。或者，她会对他的这番突袭感到恼火吗？他们俩还是相遇了。他把自己的难题就这么一股脑地抛给她，她是不是很生气？这是不是让他在她眼里变得更加自恋、更加无礼？“对不起啊。”

“你已经道过歉了。”

“没有啊，我的意思是，我就这么突然来找你，拿我自己这点烦恼来打扰你。这一切发生在我的七十岁生日之后。我一个做精神科医生的朋友跟我说，也许我得了老年性抑郁症。那个庆典还……”他意识到自己又像个话痨了。

“庆典怎么了？”

“我还能从头开始吗？”现在他又能看着她了，“你愿意跟我聊天吗？”她是在微笑吗？“你能不能告诉我，你过得怎么样？你的日子是怎么过的？”

她笑出声来，是滚动到桌子上的小苹果的声音。“我想，我过得挺好的。我从前的诊所，我有时还是会过去上上班。我住的房子，周围的邻里都很好。我有几个闺蜜。我喜欢旅行，喜欢做做瑜伽。你呢？”

“我不做瑜伽，但我去健身中心。至于旅行，我不愿意去太远的地方，喜欢在离家不远的地方旅行。我独居在我的公寓里，在我以前工作的学校里带一个哲学课外班。”

“听起来不错呀。”她不再说什么了。可她的话里还有余音，似乎她还有话没有说完，他就等着。“你是我的第一个男人，在你之前我没有做过爱。我比较晚熟，对我而言你就是我的初恋，而初恋是没有未来的。同时，第一个男人在记忆里是占有独特位置的。第一个女人应该也是这样吧。”她拿起他的手。“跟你在一起我的确非常幸福。我不会记恨你的。”她又想了想。“对于你其他的难题，可惜我也爱莫能助。你怎么说的来着？坏事、丢人的事和错事？”她把自己的手放在他的手边，端详着这两只手。“老年斑。”

一周年

1

湿冷的日子过去后，太阳出来了。天气又转暖了。服务生给餐厅前空地上用链子锁住的桌子和椅子松了绑，把它们擦干净。这块空地很小，其实就是人行道再算上拐弯处的地盘，平时那块地方还停车。这条街一头通到大马路上，另一头连着一块荒地，长了草，坑坑洼洼的，四处是砾石和积水。人们六点钟左右从夏季度假屋里出来，在这里停了车，然后在这个小城里逛街、购物、吃饭、看电影或进剧院。这时候，街上和人行道就都熙熙攘攘起来。

下午五点钟的时候，这里还是安安静静的。餐厅正在为晚上的生意做着准备工作，已经开了门，但还没有客人。这个男人管这个安静的时刻叫“无人区”，他对他身边的女人说，这个钟点让他想起酒吧营业的头一个小时，刚刚开门，室内的空气还是干净的，桌边还空无一人，酒吧侍者还在把玻璃杯擦得锃亮，将要降临的夜晚让人充满期待。他对她说，他喜欢开门的头一个小时，似乎这是他经常去体验的情景，而不只是从雷蒙德·钱德勒的小说里读来的。

他们两人坐在一张桌边，阳光还照得到他们坐的地方。街上的房子已经投下阴影，太阳很快就会从屋后消失。“喝香槟?”他问道。她点点头。服务生走了过来，他点了一整瓶香槟。

他们是好看的一对儿。她的面容白皙，头发金黄，身着一条蓝色连衣裙。年长一些的男人长着一头浓密的灰发，穿着灰色的柔软下垂的西服，扣子是解开的，露出白衬衫。两人的年龄差距摆在那儿，但不是老板和助手、教授和女学生，或者医生和护士那种关系。她三十三岁，已经是一个成功的记者，他七十一岁，是一位成功的历史类书籍的畅销书作家。一年前，他关于一战的书又上了畅销书榜，她采访了他。采访结束后他邀请她共进晚餐。用餐时，他又接受了她的邀请，去听本杰明·布里顿的《战争安魂曲》。音乐会上，两人听得既投入，又跟音乐保持着疏离感。音乐会后，他们都觉得从音乐中获得启发居多，而不是激动万分。这是为谁安魂？是和平主义者布里顿在为战争安魂吗？还是同性恋者布里顿在为大批阵亡的男人安魂？他们坐在德意志歌剧院边上的一家餐厅里，讨论得兴致勃勃，一直到餐厅打烊。当出租车停在她家门口时，她请他到她的公寓来喝一杯格拉巴酒和特浓咖啡，那一晚，他就留下过夜了。

第二天早晨，两人都得一早就出门，她要去杜塞尔多夫参加一个庭审，他要去维也纳做一场报告。两人总是在出差，都十分繁忙，经常要忙到深夜。若两人都在柏林，无论有多晚，他们都要一起过夜，无论是去他家还是她家。

这次是他们第一次一起度假。他们在波士顿西部的山区租了一栋房子，一租就是六周。他们把手里的工作带了过来，她打算把她的一系列关于伊朗的文章编成一本书，他则计划把他关于一战走向尾声的那本书写完。不过，他们只工作半天，不是上午就是下午，一天中剩下的光阴，他们就去游泳、爬山，或者去博物馆，要么就去看演出。在他们住的地方，有一家大型交响乐团在为秋冬季的演出排练，也办些音乐会，这里还有一个剧场，演出莎剧和一些现代戏剧。他们租的房子带一个露台，从那里看出去，有一个呈下坡的草坪，那片草坪的尽头是一片树林，树林后是群山。到了傍晚，被晚霞映红的天空上，挂着缓缓沉落的夕阳。露台的一半挂有遮阳盖，下面摆放了一张大沙发，他们俩坐在这张沙发上，轮流朗读《战争与和平》，直到天黑下来，他们起身回到屋子里去做饭。

生活给了他一件多棒的礼物啊，他想了又想：她长得那么美；我们俩可以无话不谈，我们对很多事情的观点都一致，这让我们的关系无比和谐，同时我们又有不同的兴趣和观点，这让我们的关系又能保持张力；我和她在床上体验到的，是我这一辈子在任何女人身上都没有体验过的。有一次他把她介绍给自己的妹妹，妹妹说："我还从来没见过你这么开心。你有多幸运啊！她那么年轻，可又不必通过增加许多年岁才能把你比下去。有些女人就是这样一种女人，她们年纪轻轻的就什么都知道，她就是这种女人。"为什么要把我比下去？他想问妹妹，不过他没开口。

2

他们俩一人一间书房，都工作了一段时间。然后，他拿着他正在读的那本书去找她。在她的书房里，他在靠窗的沙发上坐下来，沙发背靠着书桌，她一会在桌边坐下，一会又坐到桌子上，就这么上上下下的。她站在那里，他没有翻开手中的书，而是看着她——她的金色长发在头顶扎了一个发髻，她裸露的脖颈，她的体形。在宽大的T恤和肥大的牛仔裤下，他看不见她的体形，但他了解她的体形。那份了解跟亲眼看见一样美好。

她感觉到了他的目光，转过身来。“去城里的时间到了吧?”

“对。咱们去小广场坐坐，喝杯香槟吧。到今天是整整一周年。一年前的今天，你把我带到了你家。”

她看了一眼手表，皱了皱眉头，笑了。“你是我认识的第一个对这些事情上心的男人。”

“第二天早上我就告诉我的手机，以后一到这个日子就要提醒我。”

“第二天早上？”她摇了摇头。

“我没有要占有你的意思。我是想……那是十分特别的一个傍晚，十分特别的一夜。”

她看着他，他说不出这眼神的意思——是责怪，是认同，还是考察？只过了一夜，她就在他的生活中占据了一席之地——她是不是觉得自己被接管了？也许她很高兴？或者她不知自己是该高兴呢，还是该觉得自己被他掌控了？不管怎样，她朝他走来，坐在他的腿上，用胳膊搂着他的脖子，用自己的头贴着他的头。她什么都没有说。他搂着她，心想，我这个人啊，总是爱多思多虑，生活其实可以很简单的。如同爱情——当我们真正爱着，我们就不可能真的做错什么事。

爱，同时做你想做的事——他想起了奥古斯丁的这句话。他的脑海里，总是频繁出现一些历史资料、句子、人物、事件。这些历史素材多出自近代史，他日复一日地跟这些东西打交道。但有时候他也沉浸到古代史里去，这是他以前感兴趣的领域。他是不是过多地生活在过去呢？他是不是太少活在当下？不过，她很喜欢听他讲历史上的逸事。有时候在散步时，或是两人坐在公园的椅子上时，或是他们正在等着什么，“给我讲个故事吧”，她的意思是请他讲上一段历史。她求他就像一个女儿求父亲，一个孙女求爷爷，这给他一种不舒服的感觉。可他有时候依偎在她身边时，又何尝不像一个小男孩腻在妈妈的怀里？这种现象也属于奥古斯丁所说的意味吗？在爱的关系里，一个人是否既是父亲又是儿子、既是女儿又是母亲呢？不对，奥古斯丁不可能是这个意思，当他思考爱的时候，他想到的应该是对上帝的爱。也许，他也不知道，他的话到底是什么意思。

他的思绪漂游不定。他想到了尼采，尼采就经常不知道自己在说什么。他又想到了莫扎特音乐里的深度，这个顽皮的、小捣蛋鬼一样的沃尔夫冈·阿马多伊斯。他还想到法律，多数时候法律要比它的制定者更聪明。我们做什么，是我们的事，不是老天的安排。

她坐直了身子，说：“你想到哪儿去了？”

他抬起头，看着她说：“我爱你。”

她笑起来，吻了他，站起身。

3

等香槟酒送上来，他说：“我此前还从来没有经历过如此美好的一年。”说着就举起了酒杯。

“日子过得就像在飞。”她也在找一句祝酒词，找到了，就跟他碰了一下杯。“祝所有的日子都轻盈得像飞鸟。”

他们饮了一口，放下酒杯。“轻盈得像飞鸟……”这个图景吓了他一大跳。若时光就这么飞逝，那什么又是可把握的，什么又是意义所在？

“抱歉，”她从手提包里拿出手机，“我必须跟德国那边通个话，现在都有些晚了。”她去打了个很长的电话，时不时的，她喝一口酒，看着他，冲他一笑，倒不是怕他嫌她跟别人说个没完没了，她知道他不会怪她的，她这么做纯粹是因为她跟他在一起非常快乐。

他给她续上酒，她把手机放回包里，耸了耸肩。有个同事请她回电话，催着她，不依不饶的，求着她帮他写一篇报道。“我上学的时候，跟一个女生是好朋友，她也是这种样子的。老师要求我们俩一起准备做报告，她本来答应由她来做书的介绍，或者由她来组织全班的出游，可一到最后的时刻，她就撂挑子了，要靠我来帮她。帮一次也就罢了，可是次次如此，得帮个没完没了。我喜欢我这位同事，他认为我写书这事儿没有完成一篇报道来得急，可书稿永远也不会比报道要得更急呀。”

“你跟那个女同学还有交往吗？”

“我跟我的中学女同学失联很久了，直到我在社交网站上又跟几个人重新联系上了。”她跟他讲当年的那几个女同学如何如何，今天又过得怎么样，聊起她当年读的女校，她们的舞蹈课是怎么安排的，她交往的第一个男生，去参加的头几次派对，也讲了她的初吻。他喜欢听她讲她的故事，他对作为孩童的她、少女的她和青春女性的她了解得越多，她就越充分地属于他。尽管这其中他的嫉妒感像根芒刺在作怪——她的生活里那么久都没有他，而现在，没有他她也能继续活得很好。他们俩喜欢做一个游戏，叫“假如咱们那时候遇上了……”假如她读五年级的时候遇上了他——那个还没有拿到职位的科研者，靠给人做课外辅导谋生。而她读中学时去过纽约做交换生，他那时正在哥伦比亚大学当访问学者。她高中毕业时，跟全班人去罗马游玩，庆祝毕业，而那个时段他正巧也在罗马，获得了罗马的德国历史研究所的奖学金。在人生轨道没有交集的那些年岁里，他们也愿意想象他们共同度过的日子，不过两人都心知肚明，她没有他能过，反之亦然。当人们相爱时，彼此需要是为了求得幸福，而不是为了生存才相守。然而，他已经无法想象一种没有她的生活了。

她把她办的中学生报讲给他听，这份报纸是在她的倡议下办起来的，也由她组稿，一系列的文章都是关于强烈的感情——从爱到恨，从贪婪到艳羡，从嫉妒到同情。刊登了这组系列文章的报纸很成功，每个女生都有一份强烈的感情，都想写下来给她投稿，而大家也都愿意去读别人的感情生活。

“你写了什么呢？”

“我？”她的脸红了，“我写的是事业心。事业心应该不关乎一个人的荣誉感，而是关于既定目标的达成；不应该关乎吝啬，嫉妒他人、阻挠他人的成功，而是应该让自己不受迷惑和误导。而且，我写的是女性的事业心，它绝不应该让位于男性。”

4

太阳在屋子后面落下去了，广场笼罩在阴影里，不过，空气还是温和的。其他的客人来了，在桌边坐下，点起饮料来。时不时有汽车开过来，停在街边房屋和电影院之间的那条通道口，把看早场电影的人送过来。人们互相打着招呼，有的相互认识，有的纯属心情好，因为连续多日的阴冷天气总算过去了。整条街和小广场都好像露出了笑容。

这一对儿安安静静地坐着。他把胳膊和手放在她的椅子扶手上，手掌朝上，这样，她就可以把她的手放在他的手里，无须握紧，不受限制。她不应该有被他掌控的感觉。她把头依偎在他的肩膀上。

在通道口，三个年轻人支起了两张不大的高脚凳。一张凳子上坐上去一个女孩，拿着架子鼓，另一张凳子上坐上去一个抱吉他的男孩。他们身边还有一个男孩倚墙站着，用口哨吹着一支曲子，是加勒比海或古巴，要么就是克里奥尔人的旋律。口哨吹得真是好，清亮坚实，好像它不是从噘起的嘴里吹出来的，而是从一管笛子中流出来的。接着，吉他弹奏起来，又好像要冲淡伤感的韵味，于是架子鼓加了进来，旋律变得生动起来，节奏感十足，激昂澎湃。不过，整个音乐的声音一直很轻，轻到像一只飞鸟掠过街道和广场，不强求什么，让每个人都置身于自己的思想和情感里，让他们自在自处，只是把沉重感减轻那么一点点，给粗俗里加上一丝诗意。

男人感受到女人身体里传出来的节奏，她跷着二郎腿，让落地的那只脚点着拍子。然后，她把头从他的肩膀上抬起来，看着他说："要跟我跳个舞吗？"

"我？"他举起双臂，做出无奈、无能、抱歉的姿态，微微一笑，说："我可不会跳舞。"

"你真是个宝贝。"她吻了一下他的嘴唇，跳起来，迈着轻盈得像羽毛一样的步子，穿过街道，朝那组街头音乐人走去。那个靠墙站着的男孩见她走过来，马上意会了她的举动，三步并作两步朝她迎上去，用胳膊挽住她的腰，二人跳起舞来。

几个节拍之后，音乐慢下来，他们互相适应了对方。他知道该怎么扶住她，带她旋转，她知道怎么让自己脱身又回归，知道他们怎么互相排斥、互相追逐又互相投入。他把她引领得很稳当，她则知道，他了解她的下一个动作，能托得住、护得住她，还能给她些更美妙的惊喜。然后，吉他声和架子鼓鼓点又密集起来，二人跳得越来越快，转身，旋风一般，分开又聚合，尽管人们停下脚步围观起来，二人本应该为他们在观众面前获得的成功而欢欣、陶醉，可他们只是沉浸在他们的舞蹈中，忘掉了时间和空间，连观众和他们自身的存在也一并忘掉了。

男人从旁观看着。那二人的舞蹈让他伤心。那二人并没有在调情，他也没有任何理由吃醋，他也全无嫉妒之心。那二人的舞蹈里含有的情色意味跟他的嫉妒感毫不沾边，让他不会产生如下的想法：她给他的东西，也要给予我；或是，我要是这个年轻男人就好了。这种情色意味完全是青春自带的，它呼唤一切，让一切信心都来吧，在爱神面前，让每一个女人都成为新人，让每一个男人也获得新生，让人生的每一个转折都满怀憧憬，每一个希望都得以实现。

他其实并不愿意再年轻一次。一次次跌入深渊，每次他都拼了全力再爬上来，在他甜蜜地满怀希望之后，又一次次苦涩地经历着失望——这一切也是青春的一部分，现在都过去了，这也是好事。然而，在那二人的舞蹈中，青春并不是他已经自行了结了的那个世界，而是一个迷人的、充满了魔力的世界，这个世界没有他的份，他被关在了外头。他曾努力往这个世界里跻身，在他看来，这就像一场亵渎。他的老年和她的青春——他的老年沾上了她的青春，只会毒害了青春。他必须希望，他这个上了年纪的男人，不要去触碰她这个年轻的女人。除了跟一个老年人一起生活时反正要经历的东西，他还能给予她什么呢？他什么也给不了她，他只能从她那里索取。他必须结束这场驻留，从她的生活里消失。

5

可他知道，他做不到这一点。他将留在她的生活里，直到她离开他的那一天。他们两人的关系将一直持续下去，就像……不对，他们两人的关系将不会像之前那样继续下去——今天领悟到的事情，他是不会忘却的。亵渎？爱和去做你想做的。一道阴影投射到他们的爱情上，仅此而已。

音乐结束了，围观者鼓起掌来，那个跳舞的男孩鞠了一躬，又回到他的音乐小组那里，而跳舞的女人做了一个屈膝礼，然后回到她的桌边，坐到了男人的腿上。她热得像一团炭火，噘着下嘴唇，把糊到脸上的头发吹开，冲着男人笑起来。“你从没学过跳舞吗？那咱们得一块去参加舞蹈班了。如果时间不好安排，咱们也可以请私人舞蹈老师。一定要答应我！”

他眼前出现了上课的情景。她流利的动作，他笨拙的步子。无论他怎么努力，也跳不出她今天的水平，满足不了她对他的期望。她会对他深感失望的，而且，她还会把对他的失望藏得严严实实的。还不止于跳舞这一桩事。随着持续的衰老，他会越来越多地让她失望，他只剩下希望，希望她把对他的失望藏起来，不让他察觉。还说什么就这么一片阴影，何止这一片阴影呢？

“我去学跳舞，然后你想去哪儿跳舞，咱们就去哪儿——无论是柏林的媒体舞会，还是维也纳歌剧院舞会，或是飞到米兰、巴黎，就连去夜店跳舞，我也奉陪。”

他不想让她察觉，可她听到了他嗓子眼里的哽咽，他的眼睛也湿润了。她用双手捧住他的脸，“怎么了？”

他抱住她，“没什么。只是，你跳舞的样子，你这样的……我真不敢相信自己的幸福。”

图书在版编目（CIP）数据

告别的颜色 / （德）本哈德·施林克著 ； 王竞译.
南京 ： 译林出版社，2025. 5. --（施林克作品）.
ISBN 978-7-5753-0491-7

Ⅰ. I516.45

中国国家版本馆CIP数据核字第2024US4254号

著作权合同登记号　图字：10-2021-56 号

告别的颜色 ［德国］本哈德·施林克／著　王　竞／译

责任编辑　李玲慧
装帧设计　山川制本 WORKSHOP
校　　对　梅　娟　王　敏
责任印制　颜　亮

原文出版　Diogenes Verlag AG Zürich, 2020
出版发行　译林出版社
地　　址　南京市湖南路 1 号 A 楼
邮　　箱　yilin@yilin.com
网　　址　www.yilin.com
市场热线　025-86633278
排　　版　南京展望文化发展有限公司
印　　刷　江苏凤凰新华印务集团有限公司
开　　本　850 毫米 × 1168 毫米　1/32
印　　张　9.25
插　　页　4
版　　次　2025 年 5 月第 1 版
印　　次　2025 年 5 月第 1 次印刷
书　　号　ISBN 978-7-5753-0491-7
定　　价　68.00 元